KB089870

특별한 다섯 남자와 함께해서 행복한 어떤 팬의 이야기

어느 *fangoo*의 하늘색 일기

TRACK LIST

CD 1
그대들이 항상 지켜주겠다던
10대 꼬맹이는

CD 2
간절히 원하는 그 꿈을 찾는
20대 청년을 지나

TRACK LIST

CD 3
항상 이 자릴 지키며
그대들을 기다린다 약속하는
30대가 됐습니다

CD 4
모두 다같이 즐겨요, 이 책
Say **특별부록**

오늘도 팬질로 행복을 찾는,
어떤 평범한 팬의 이야기
지금 시작합니다.

CD 1

그대들이 항상 지켜주겠다던
10대 꼬맹이는

Date. 2024년 1월의 어느 날

Intro.

노래가 좋아서 따라 부르고 다니던 시기부터 시작하면 25년,
처음으로 팬의 개념이 생기기 시작한 때로부터 시작하면 23년,
그렇게 정확하게는 24년, 얼버무리면 25년째 한 가수의 팬질을 하고 있다.

한때는 '빠순이'라 불리며 비난받던 팬질이었다. 국어사전에서 말하길, '빠순이'란 연예인이나 운동선수 등을 맹목적으로 추종하고 따라다니는 극성팬 중 여자를 속되게 이르는 말이라고 한다. 특히나 남자 아이돌을 좋아하는 여성 팬에 대한 비하의 의미가 강한 단어였다.

그런데 이 생활을 24년을 하고 나니, '덕질', '팬질'이라는 귀여운 단어로 변해 있었다. 비하의 의미는 옅어지고, 무언가 하나를 깊게 좋아한다는 의미가 강해진 것 같아서 마음에 든다. 누군가를 향한 마음이 소중하게 여겨지는 것 같아서 좋다.

이런 나의 오랜 팬질의 대상은 바로 1999년 1월 13일에 데뷔한 1세대 아이돌 그룹, god. 2024년으로 25주년을 맞이하는 다섯 남자들이다. 엄마 손을 잡고 레코드점에 들어가 테이프를 사던 꼬맹이가 어느덧 용돈과 통금의 속박에서 벗어나 내 돈과 자유를 남발하는 어른이가 된 시간, 25년.

이들과 함께한 세월을 되새김질해 보니, 그 시간 속에 이 다섯 남자가 녹아있는 모습은 참 다채롭더라. 항상 가수를 중심에 두고 흐르는 팬의 시계라서 미처 몰랐는데, 나를 중심으로 추억이 겹겹이 쌓여있었다. 그렇게 그들이 걸어온 시간을 옆에서, 때로는 뒤에서 걸었던 한 사람이 그 시간을 추억하고 싶어졌다. 그래서 시작한다, 어느 fangod의 하늘색 일기를.

Date. 1999년에서 2001년 사이의 어느 날

기억을 더듬고 있어
- 팬질의 시작 -

　　내가 god 팬인 것을 알게 되는 사람들은 종종 "언제부터 좋아했어?"라고 묻곤 한다. 그런데 이 질문에 대한 대답은 빠릿빠릿하게 나오지 않곤 한다. 그 이유는 "주량이 얼마나 돼요?"라는 질문에 어떻게 대답해야 할지 고민하는 것과 비슷한 맥락이다. 완전히 꽐라가 될 때까지의 주량을 말해야 할지, 아니면 내가 내 자신을 통제할 수 있는 수준까지를 말해야 할지 고민하듯이 말이다. 내 팬질의 시작점을 그대들의 노래를 처음 좋아했을 때로 해야 할까? 아니면 내가 나를 팬으로 인지한 시점으로 해야 할까?

fan의 의미를 알게 됐던 11살?

흐릿한 꼬맹이 시절의 기억 중 그나마 가장 또렷한 것은 잡지에서 그대들이 나온 페이지를 잘라 스크랩하는 11살의 모습이다. 내 인생 첫 팬질의 시작이었다. 부욱 찢은 페이지를 다시 가위로 단정하게 정리하고선 검은색 A4 파일에 차곡차곡 담았다. 어쩌다 문방구에서 그대들이 웃고 있는 표지의 공책을 발견하면 용돈 500원을 기꺼이 내고선 소중히 집까지 모셔 왔다. 감히 그 공책을 쓸 생각은 하지 않았다. 공책은 사 오자마자 나의 스크랩 파일행이었다. 파일의 얇은 비닐은 두께감 있는 공책을 버거워했지만, 다른 곳에 둘 수 없었다. 잃어버리거나 다른 식구가 써버리면 안 되니까.

열한 살의 내가 저녁 식사 시간마다 달고 살았던 잔소리가 있다. "밥 먹을 때, 누가 그렇게 돌아다니며 먹어?" 들리는 것은 물음표지만 의미는 느낌표였다. 밥상머리 예절을 가르치시는 부모님의 잔소리에 몸은 식탁에 있었다. 하지만 이미 옆으로 쭈욱 빼낸 상체는 음악방송에 나오는 그대들을 향해 있었다. 부모님의 눈치를 보다가 숟가락을 쥔 채로 4분가량의 시간을 티브이 앞에서 보냈다. 그대들의 4분이 끝나면 다시 후다닥 식탁으로 돌아가 얌전히 밥을 먹었다. 하지만 인터뷰로 반짝 당신들이 화면에 돌아오면 나는 또 자석에 끌리듯 티브이 앞으로 후다닥 달려갔다.

그렇게 2001년, 그대들의 4집 활동을 열렬히 좋아하던 꼬맹이가 있었다. 처음으로 엄마를 졸라서 레코드점에 갔고, 4집 카세트 테이프를 샀다. 누나가 받는 건 똑같이 받아야 직성이 풀리던 남동생은 컨츄리꼬꼬의 테이프를 집어 들었다. 인생에서 처음 앨범을 산 기억이다. 동생이 산 앨범은 엄마의 차에 자리 잡았지만, 내가 산 그대들의 4집은 안방의 까만 오디오 장치에 꽂혀있었다. 차에 두면 매일 들을 수 없어서, 나는 집에서만 듣는 방법을 택했다.

그럼, 차에서는 그대들의 노래를 듣지 못했나? 아니, 그렇지 않다. 분명 여름방학에 외할머니댁을 향하는 차 안에서 나와 동생은 그대들의 신나는 노래를 흥얼거리며 갔다. 롯데리아에서 사은품으로 받았던 인기가요 모음 CD가 내 테이프를 대신했다. 파란 배경에 롯데리아 로고가 찍힌 종이케이스에 담겨있던 CD. 다른 가수들의 노래들이 빨리 지나가고 그대들의 노래가 나오길 기다리곤 했다. 그리고 '거짓말'이 나오면, 동생과 나는 뒷자리에서 "싫어! 싫어!"를 외치며 깔깔거렸다.

아니면 처음 그대들의 노래를 좋아했던 8살?

그대들의 데뷔 연도인 1999년, 내가 8살쯤이던 시절에 내가 가요를 들었던 기억이 맞나 싶어 흐릿한 기억을 되짚어 본다. 분명 그대들을 비롯한 여러 가수의 가요를 들었던 기억이 있다. 나보다 촐랑대는 편이었던 동생은 이정현의 '와'를 가장 좋아했다. 이정현의 무대가 나올 때면, 새끼손가락을 따라 펼치고선 몸을 절도있게 움직여 댔다. 초등학교 선생님이던 엄마가 학교에서 가져오신 부채 춤용 부채는 7살 동생 손에 쥐어져 방구석 무대의 소품이 됐다. 동생은 신이 나서 하얀 깃털이 끝에 달린 분홍 부채를 쥐고서는 활짝 펴서 얼굴을 가렸다가, 탁 소리 나게 접으며 요란을 떨었다. 이 정도 기억이면, 내가 1999년에도 가요를 들으며 자란 것은 분명하다.

나는 '어머님께'란 노래를 라디오에서 듣고 동생과 따라 부르던 기억이 있다. 가사에 짜장면이 나온다는 이유 하나만으로 꽂혀서 8살, 7살 꼬맹이들은 '어머님께'를 불러제꼈다. 그리고 후렴구인 "야이야야야"도 쉽게 따라 할 수 있어서 따라 부르곤 했다. 가사 속 슬픈 이야기에는 관심이 없던 햇병아리들이었다. '어머님께'를 듣던 기억에 이어, '관찰'을 좋아했던 것도 기억난다. 부끄러움이 많은 맏이였던 나와 비교해 본인의 흥과 기분을 있는 대로 표현하던 남동생은 그 핸들 춤을 좋아했었다. 동생이 티브이를 보면서 핸들을 열심히 돌려대면, 나는 그 모습이 웃겨서 깔깔거렸다.

비록 햇병아리였지만, 그대들의 음악과 무대를 좋아했다. 가사의 의미는 몇 년이 더 지난 후에야 알게 됐지만 말이다. 가사는 이해하지 못해도 멜로디가 좋았다. 팝송 가사를 모두 이해하지 못해도 듣는 것처럼, 그 시절 꼬맹이는 그대들을 향한 마음의 씨앗을 그때 심었나 보다. 그리고 3년이 지난 11살이 되어서야 싹을 틔웠나보다. 그래서 난 싹이 움트기 시작한 11살이 내 팬질의 시작점이라고 본다. 이렇게 정하고 나니, 그대들의 25년을 온전히 함께하지 못한 것 같아 아쉽기도 하다. 하지만 그래도 난 진정한 팬으로 함께한 시간을 세어 나가려 한다. 앞으로도 그렇게 일 년, 일 년을 더하면서.

Date. 2000년의 어느 날

Falling
(Feat. 하늘색 풍선)

특별하게 갖춰 입어야 할 때가 아니면 늘 나의 바지는 청바지이며, 단정히 입을 때에도 가장 먼저 손이 가는 것은 하늘색 셔츠이다. 나는 파란 계열의 색을 좋아한다. 언제나 푸른 계열인 하늘을 좋아해서 하늘 일기를 쓰고 있고, 여행을 가면 한 번은 꼭 하늘 사진을 찍곤 한다. 분홍색은 싫어하고 하늘색을 좋아해서 각종 문구류를 고를 때면 늘 하늘색 물건을 고르곤 했다.

나이가 들면서 무채색과 짙은 색을 선호하는 경향이 생겼지만, 여전히 가장 좋아하는 색은 하늘색이다. 엄마의 기억 속에서도 딸이 가장 좋아하는 색깔은 여전히 하늘색이다. 그 기억의 시작이 언제부터였는지 나조차도 모르겠다. 누군가 좋아하는 색깔을 물을 때면 자연스럽게, 당연하다는 듯이 대답하던 게 하늘색이었다.

가끔 이렇게 근원을 찾아 엉뚱한 질문을 던질 때가 있다. "내가 언제부터 하늘색을 좋아했지?" 어느 날의 질문이었다. 갖은 추측을 내던져 본다. 내가 god의 팬이라서, 하늘색을 좋아했나? 그럼, 하늘색 이전에는 난 무슨 색을 가장 좋아했지? 하지만 내 기억 속에 6살, 7살 때 입던 겨울 잠바는 새파란 배경에 꽃무늬가 있었다. 초등학교에 가기 전에도 나는 흔히 여자아이들이 좋아한다는 분홍색, 빨간색, 노란색 같은 난색보다는 차가운 파란색을 고르곤 했다. 그래서 매주 만나 놀던 사촌 동생과는 싸울 일이 없었다. 동생은 분홍색을 고르고, 나는 항상 하늘색을 골랐으니까.

출근하는 아빠가 와이셔츠를 고를 때면, 나는 항상 하늘색을 꼽았다. "아빠, 이거 입어. 난 이게 좋아." 하늘색 단색 셔츠이거나, 하늘색과 흰색의 줄무늬가 들어간 셔츠였다. 그럼, 아빠는 늘 내가 고르는 푸른 셔츠로 갈아입으셨다. 하나밖에 없는 어린 딸이 골라주는 옷을 입는 딸바보 아빠 같은 풍경이다.

하지만 실상은 그렇지 않았으니, 그저 아빠가 좋아하는 색도 푸른색일 뿐이다. 그러니 흰색, 분홍색을 갖다 대는 엄마의 선택보다 본인과 취향이 같은 딸이 갖다 대는 셔츠를 택했을 뿐이다. 물론, 그때는 지금과 달리 나름대로 붙임성 있고 귀염 떠는 토끼 같은 딸이었으니 딸바보로서의 면모도 조금은 담겨있는 선택이었을지도.

어쩌면 이 하늘색 병은 유전인가 싶기도 하다. 아빠의 취향이 하늘색, 파란색인 것을 알게 된 것은 엄마와 함께 아빠 옷을 사러 갔을 때였다. 엄마는 연한 살굿빛의 셔츠, 다이아몬드 패턴이 옅게 깔린 연두색의 셔츠 그리고 마지막으로 하늘색 셔츠를 놓고 고민하고 있었다. 점원은 고민하는 엄마에게 아빠의 피부색을 물었고, 엄마는 하얀 편이라고 답했다.

그러자 점원은 "딸처럼 피부가 하얀 편이시면, 살굿빛도 잘 어울리실 거예요."라며 추천했다. 나는 옆에서 엄마만 들릴 목소리로 "하늘색. 하늘색. 아빠 어차피 저거 안 입을걸!"이라고 속삭이고 있었다. 점원이 나의 말에 피식 웃으면, 엄마는 마지못해 하늘색 셔츠를 가리키며 "이걸로 주세요."라고 결제했다. 그리곤 엄마의 툴툴거림이 이어졌다. "아휴, 애 아빠가 이런 하늘색만 입어요. 다른 색 셔츠는 사다 줘도 입지를 않으니, 원. 회사 사람들이 볼 때는 매일 같은 셔츠인 줄 알 걸 아니에요."

그래, 분명 이 선호의 시작이 그대들은 아니었다. 그대들을 좋아하기 시작하면서 하늘색을 향한 내 마음이 커졌고, 선호가 확고하게 굳어졌을 뿐이지. 참 신기하다. 어릴 때부터 차디찬 파란색 계열의 하늘색을 좋아하던 햇병아리는 머리가 좀 커지더니 하늘빛의 가수를 좋아하게 됐다. 마치 파란색을 쫓는 것이 나의 본능이라도 되는 것처럼, 유치하고 오글거리지만, 그대들을 좋아하게 된 것은 운명 같은 일이었던 것 같다.

　엄마 차에 꽂혀있던 인기가요 모음 CD에서 내가 가장 좋아했던 그대들의 노래는 '하늘색 풍선'이었다. 팬이라는 개념이 아직은 뚜렷하지 않았고, 그때는 이게 팬 송이라는 것도 몰랐다. 그냥 가사가 좋았다. 파란 하늘, 하늘색 풍선. 내가 좋아하는 것들이 잔뜩 나오는 가사가 좋았다. 특히 좋아했던 부분은 "데니, 계상, 호영과 태우 그리고 나 누구? 쭌!"이다. 10살의 꼬맹이는 9살짜리 동생과 "쭌!"을 크게 따라 외쳤다. 노래 중 후렴구밖에 따라 부르지 못하던 꼬맹이들이 유일하게 랩 파트에서 따라 하는 부분이었다.

　그때는 정말 "파란 하늘"이라고 누군가 운을 띄우면, "파란 하늘 꿈이~"로 시작하는 동요가 아니라 "하늘색 풍선은~우리 맘속에 영원할 거야"를 자동으로 재생하곤 했다. 입에 붙어버렸던 하늘색 풍선이지만, 당시에는 하늘색 풍선이 뭔지도 몰랐던 꼬맹이였다. 그래서 하늘색 풍선에 마음을 담아 흔들어본 기억이 없다는 것이 못내 아쉽다. 이럴 때면 몇 년만 더 일찍 태어날 걸 싶기도 하다.

　그리고 그대들의 풍선이 하늘색이라는 건 내겐 참 다행이다. 내가 싫어하고 또 싫어하는 분홍색이라면, 나는 울며 겨자 먹기로 그 분홍색 물결에 휩싸였을 것 아닌가. 어쩌면 난 그럼 색깔이 마음에 안 든다고 마음을 이렇게까지 키우지 못했을지도 모른다. 지금도 난 여자배구의 응원팀을 못 정하고 있는데, 내 지역에 홈팀의 이름에 핑크가 들어가기 때문이다. 그러니 누가 골랐는지 몰라도 하늘색을 고른 것은 탁월한 선택이었다. 실없는 소리 같지만, 어릴 때부터 아빠에게 조기교육 당한 하늘색 병이 날 그대들에게로 이끌었나 싶다. 그래서 쉽게 그대들의 하늘을 향해 빠져들고, 젖어 들어갔나 보다.

To. 2000년, 10살의 나에게

　　그때 동생과 낄낄거리며 듣던 그 노래가 23년이 지난 지금까지 목이 터져라 부를 팬송이 될 줄은 그때는 몰랐지, 요 꼬맹아. 넌 지금 그런 팬송을 두 개나 더 갖고 있단다. 하늘 속으로 들어가 하늘색 약속을 하고 나왔단다.

　　그 팬송을 그렇게 열심히 따라 부를 때부터, 아니 어쩌면 남들이 분홍색 고를 때 하늘색을 고를 때부터, 넌 이미 fangod였을지도 모르지. 타고나길 하늘색을 좋아할 운명으로 태어난 것을 너무 잘 받아들인 거지.

　　그래서 이제 이 마음속 하늘색은 시간이 흐를수록 짙어져서 이젠 지워낼 수가 없단다. 어린 마음에 자리 잡았던 하늘색은 걷잡을 수 없이 커져, 온통 마음을 하늘색으로 뒤덮었단다. 그렇게 하늘을 닮은 다섯 남자에게 마음을 내어줬단다.

　　　　　　　　　　　From. 2023년, 32살의 내가

Date. 2001년의 어느 날

넌 내게 용기였어

(feat. 니가 있어야 할 곳)

　　동생과 김치찌개 속 비엔나소시지 쟁탈전을 벌이다가도, 음악방송에서 그대들의 순서를 알리는 멘트가 들리면 난 어김없이 식탁을 떠나 티브이 앞에 앉았다. 그렇게 그대들의 4집 활동 무대를 브라운관으로 지켜보고 좋아했었다. 신나는 '니가 있어야 할 곳' 무대를 볼 때면, 춤을 추기는 부끄러우니 양반다리를 작게 흔들거리며 리듬을 탔다. 그 당시 털 달린 청재킷을 입고 카메라로 다가와 랩을 하는 셋째의 모습이 그렇게도 좋았다. 다섯 명의 무대 의상 중 그 청재킷이 가장 멋져 보였고, 예뻤다. 그 털 달린 청재킷을 마음에 품었다.

　　중학교에 입학하기 전까지, 나는 내가 좋아하는 것과 갖고 싶은 것을 표현하기 어려워했다. 어린애들이라면 부모님에게 이거 사달라, 저거 하고 싶다 조르는 것이 당연하지만 나는 늘 주저했다. 어느 정도였냐면, 일 년 중 어린이들이 가장 손꼽아 기다리는 크리스마스 선물도 나는 받고 싶은 것을 말하지 못했다. 장난감 판매대에서 동생이 이것저것을 가리키며 더 사달라고 조를 때에도, 나는 내가 받고 싶은 한 가지를 향해 "이거 사줘." 네 글자를 내뱉지 못했다. 그 장난감 주변을 맴돌고, 상자를 만지작거리는 정도가 내가 할 수 있는 최대한의 표현이었다.

언제, 어떻게 샀는지까지는 기억나지 않지만, 한 가지는 분명하다. 갈색 털이 뽀송한 청재킷을 사기 위해 그 소심한 꼬맹이는 엄청난 용기를 냈다. 11살의 나는 내 마음에 들지 않는 옷을 엄마가 내 몸에 대봐도, 싫다는 말을 못 했다. 결국 그 옷은 쇼핑백에 담겨 내 옷장에 자리 잡았다. 그때의 내 옷장에는 내가 좋아하는 옷보다 싫어하는 옷이 많았고, 어쩔 수 없이 꾸역꾸역 싫어하는 옷을 입곤 했다. 그런데 내가 말 못 했던 이유는 엄마가 무서워서가 아니다. 그저 옷 가게 점원 앞에서 말하는 것이 부끄러워서였다. 내성적이고 낯가림이 심했던 꼬맹이는 제가 원하지 않는 옷을 대보며 좋아하는 엄마의 어깨너머로 눈빛을 발사하곤 했다. 그게 제가 할 수 있는 최대의 의사 표현이었다. 자기가 입고 싶은 옷은 이게 아니라 저거라고, 엄마가 제 눈빛을 읽어주길 바라면서 말이다.

그런 내가 그 청재킷을 얻어 냈다는 것은 당시의 내겐 엄청난 도

전이었다. 엄마의 취향이 전혀 담기지 않은 오롯이 내 취향과 선호를 표현해서 얻어낸 첫 번째 옷이었다. 내가 좋아하는 사람이 입는 옷을 함께 입고 싶은 마음이 말을 꺼낼 용기를 만들어 냈다. 자기 의사 표현도 어려워하던 소심한 꼬맹이는 마침내 원하던 털 달린 청재킷을 갖게 됐다. 셋째가 입었던 청재킷처럼 털이 양털처럼 뭉친 모양은 아니었다. 밝은 파란 청이 아닌 데님 생지의 남색에 가까운 짙은 청이었다. 셋째가 입은 재킷과 똑같지는 않았지만, 카라와 소매 끝에 인형의 털처럼 보드라운 갈색 털이 달린 그 재킷으로도 만족스러웠다. 내가 좋아하는 사람과 비슷한 옷을 입을 수 있다는 것이 좋았다. 초등학교 졸업사진도 그 청재킷을 입고 찍을 정도로 몇 년의 겨울 동안 내가 가장 좋아하는 옷이었다.

그 청재킷은 이제 사진 속에만 존재하지만, 가끔 핸드폰으로 옷 구경을 하다 털이 뽀송하게 붙은 청재킷을 보면 그때가 생각난다. 그 무대가 생각난다. 그럼 나도 모르게 살포시 웃음 짓게 된다. 그대들은 모르겠지만, 그대들을 향한 마음이 나에겐 소심함을 깨고 나올 용기가 돼줬다.

그리고 featuring 같은 이야기

내가 '니가 있어야 할 곳'에서 좋아하던 파트는 캡틴의 랩이었다. 당시에는 영어를 완전히 배우지도 않았으니 당연히 무슨 뜻인지도 몰랐다. 근데 노란 머리를 한 이국적인 모습과 무대를 박력 있게 시작하는 모습이 좋았다. 그렇게 뮤직뱅크에서 '니가 있어야 할 곳' 무대를 보던 어느 날이었다. 여느 때와 같이 몸을 살짝 흔들거나 너무 좋은 나머지 다리를 꼬옥 감싸안은 채 보고 있었다. 그런데 곡의 중반에 다시 랩을 하며 나오던 캡틴이 바닥으로 미끄러져 넘어졌다.

순간 머릿속에 물음표가 가득했다. 어? 뭐야? 어? 다른 말은 생각나지도 않았다. 다리를 감싸안고 눈은 화면에 고정한 채 그렇게 얼어버렸다. 화면은 빠르게 다른 멤버에게로 돌아갔다. 하지만 시선이 그대로 티브이에 고정됐던 나는 빠르게 지나가는 화면 속 일어나지 못하는 첫째의 모습을 봤다. 순간적으로 내가 내지른 "어?!" 소리에, 식탁에 있던 가족들의 시선이 잠시 내게 머물렀다.

그저 TV 화면으로 당신들을 만날 수밖에 없으니, 내가 할 수 있는 것은 없었다. 그냥 멍하니 화면을 바라보는 것밖에는 어린 꼬맹이가 할 수 있는 것이 없었다. 그리고 그 무대 이후로, 한동안 캡틴의 모습은 무대에서 보지 못했던 걸로 기억한다. 그 자리는 셋째가 메웠던 것 같다. 다른 멤버가 새 파트를 부르는 것이 싫지는 않았지만, 허전했다. 신나는 노래와 무대라 좋아했던 '니가 있어야 할 곳'이 예전처럼 신나지 않았다. 헤벌쭉하던 입꼬리는 조금 처졌다. 캡틴의 빈자리가 느껴지는 것이 싫었다. 캡틴, 당신이 있어야 할 곳은 여기야. 눈으로 무대를 보는 동안, 마음속으로는 노래 제목을 읊었다.

Date. 2004년의 어느 날

조금만 더 일찍 태어날 걸

24년 팬질 인생에 그대들이 공백기와 휴식기를 갖듯이 나도 휴덕기가 있던 편이었다. 그 중 첫 번째 공백기는 12살~13살 때였다. 이 시기에 왜 내가 휴덕기가 됐는지 그 이유 또는 원인을 떠올려 봐도 당최 생각이 나지 않았다. 그리고 최근 콘서트의 짙은 여운에서 허우적거리며, 각종 과거의 예능과 인터뷰 영상을 찾아보다가 내 공백기의 원인을 찾았다.

그대들은 4집 이후 100회 콘서트라는 공연에 집중하고 있었고, 그 콘서트 기간에 5집을 발매했다고 했다. 그래서 5집 때는 음악방송도 잘 나가지 않았고, 더불어 MP3 음원 파일의 시대와 함께 불법 다운로드가 성행해서 5집은 앞선 앨범에 비해 실적이 좋지 않았다고 했다.

　풀리지 않던 갈증이 해소되는 것 같았다. 기껏 천 피스 퍼즐을 맞춰 놓았더니, 퍼즐 정중앙의 한 조각이 끝끝내 나타나지 않아 완성하지 못했던 것 같았던 기억이었다. 그런데 드디어 그 한 조각을 찾아내서 완성한 느낌이었다. 내 팬질의 역사 중 비어있던 그 조각을 이제야 찾았다. 그 마지막 조각은 바로 방송이었다. 그 시절 꼬맹이가 그대들을 접할 수 있던 유일한 방법은 TV, 텔레비전의 방송이었다. 그런데 그대들이 방송에서 멀어지니, 나로서는 유일한 수단이 끊겨버렸다.

　몸과 머리가 크고 나서는 스케줄표를 확인해 가며 방송을 챙겨봤지만, 10살~11살의 꼬맹이는 텔레비전에 나오는 방송 예고편이 귀한 정보였다. 예고편에 지오디가 나오면 저거 봐야 한다고 내가 까먹을까 봐 엄마, 아빠, 할머니에게 미리 말해놓기도 했다. 노래가 나온 후에는 당연히 음악방송에 나올 것으로 생각해서 음악방송은 고정적으로 챙겨보는 채널이 됐다. 그마저도 케이블TV는 없어서 공중파 채널의 방송이 전부였다.

　그때의 나는 인터넷에 그런 소식을 알 수 있는 커뮤니티나 팬들의 공간이 있을 것이라고는 생각도 못 했던 초등학생이었다. 인터넷은 네이버나 야후에서 애니메이션 플래시를 보거나 게임을 하는 수단이었고, 친구들과 이메일이나 보내는 것이 전부였다. 정보를 찾는 용도의 기능은 알지 못했던 꼬맹이였다. 초등학생의 정보 수집 능력과 인터넷 활용 능력의 한계에 부딪혀 나는 그대들의 활동을 알지 못하게 됐고, 자연스레 멀어져 버린 것이다. 그래서 나의 기억 속에 3집 때부터 키워 온 마음을 4집에서야 표현했던 시절은 있는데, 5집에 대한 기억이 없었다.

이 첫 번째 휴덕기를 깨고 다시 돌아온 14살이 되어서야 5집의 존재를 알아차렸다. 그것도 6집이 나온다는 소식에 잔뜩 신나고 설레었던 그때, 멈칫하면서 깨달았다. "지금이 6집이라고? 그럼 5집이 있었다는 거잖아?" 그제야 내 자신을 이해할 수 없다는 듯이 외쳤다. "어떻게 그럴 수 있지?" 팬이라는 작자가 이렇게까지 무심할 수 있나 싶었다. 이렇게까지 모르고 지내온 것이 나 자신도 이해가 가지 않았다. 14살의 중학생이 된 나는 그렇게 초등학생의 나를 책망했다. 이미 흘러버린 시간이 원망스러웠고, 과거로 되돌아갈 수 없음이 속상했다.

어린 과거의 내 모습에 '이 바보!'라며 꾸짖음을 날리던 그때, 속상한 마음을 그대들의 노래로 위로받고 싶었다. 4집 테이프를 찾아온 집을 뒤지기 시작했다. 하지만 결국 테이프를 찾지 못했다. 옛날 옛적의 천자문 노래 테이프는 보여도, 4집 테이프는 보이지 않았다. 5학년이 되며 이사를 했는데, 그때 이삿짐을 정리하며 버린 모양이었다. 속상한 마음을 달래려던 시도는 내 마음을 더 속상하게 만들었고, 나 자신에게 더 실망하게 했다. '이런 팬이 어딨어, 난 팬도 아니야.' 내가 처음 샀던 앨범인 4집이 내게 없다는 사실은 충격적이었다. 하지만 실망은 곧 집념으로 바뀌었다. '1집부터의 모든 앨범을 모을 테다. 자그마한 과거의 테이프는 잊고 지금의 CD로 다 모으고 말 테다.'

소심하고 내성적이었지만, 하고 싶은 것과 갖고 싶은 것이 생기면 꼭 가져야 하는 면이 있었다. 시험 성적을 걸고 얻어내거나, 야금야금 모은 용돈과 명절의 큰 용돈을 한데 모아 꼭 손에 넣곤 했다. 그래서 모아뒀던 용돈으로 4집과 5집을 샀다. 아직 구매할 수 있음에 감사하며, 가장 최신의 앨범을 손에 넣었다. 그리고 이런 내 모습을 지켜보던 친구가 집에서 발견한 1집과 2집을 기부해 줬다. 생각보다 빠르게 완성돼 가는 앨범 컬렉션을 보며 뿌듯해했다. 1집부터 다시 차곡차곡 그대들의 역사를 맞춰나가는 재미가 쏠쏠했다.

하나하나 모아가면서, 욕심도 하나하나 늘어갔다. 나는 TV로 밖에 그대들을 볼 줄 몰랐는데, 팬카페의 게시판에는 다양한 것들이 올라오더라. 나보다 컸던 언니들은 참 여기저기를 다니며 이것저것 많이 모아 놨더라. 그 언니들이 부러웠다. 그래서 원하는 것이 있으면 용돈을 모아서 조금씩 물품을 사 모았다. 내가 놓쳤던 콘서트의 DVD를 사고, 한 번도 흔들어 본 적 없던 fangod가 새겨진 풍선도 덤으로 받았다. 그때마다 든 생각이 하나 있다. '조금만 더 일찍 태어날걸'. 내가 중학생쯤 되어서 그대들을 처음 만났다면, 지금보다 더 그대들을 많이 볼 수 있었을 텐데. 내가 이렇게 바보 같이 그대들의 활동을 놓치는 일은 없었을 텐데. 그렇게 어린 내 나이를 아쉬워했다.

Date. 2004년의 어느 날

우린 서로의 빈 자리를 채웠어

5집 이후 6집 앨범이 나오기까지의 공백기. 하필 나는 그때야 팬 생활을 활발히 할 정보력과 활동력을 갖추었다. 내가 왕성히 활동할 수 있는 시기가 됐는데, 그대들은 없었다. 그래서 나는 '왜 어린 티를 빨리 벗어내지 못했는지', '머리가 더 빨리 컸다면 그대들을 놓치는 일은 없었을 텐데' 라는 생각으로 지독하게 후회했다. 그대들이 돌아오길 바라며, 어린 나는 더 어린 과거의 나를 꾸짖고, 원망했다. 채워지지 못하는, 언제 채워질 수 있을지 모를 이 마음은 탓할 곳이 필요했던 것 같다.

그대들이 언제 돌아올지 모른다는 막연함도 내 마음을 휑하게 만들었지만, 외로운 팬질이었기에 공허함이 더 크게 느껴졌다. 친구와 또래가 인생의 전부가 되는 중고등학교 시절, 내 주변에서 같은 마음으로 그대들을 기다리는 친구를 찾기란 어려웠다. 당신의 뒤를 잇는 여러 아이돌이 나왔고, 내 주변은 그들의 팬으로 가득했다. 다른 아이돌을 좋아하는 친구와 함께 다른 가수의 무대를 보고 이야기를 들어줬다. 그리고 집으로 돌아오면 나도 내 가수를 보고 싶다는 짙은 그리움으로 CD플레이어에 그대들의 앨범을 꽂아 넣었다. 군중 속 고독이란 이런 것일까, 싶었다. 내 주변을 빼곡히 채운 군중들의 요란한 몸짓과 소리가 그대들을 향한 촛불을 꺼트릴까 두려워 조심스레 한 줄기 촛불을 두 손으로 감쌌다.

한없이 그대들을 그리워하고 후회하던 시간 속에서 휑하게 빈 마음을 채워준 것은 나와 같은 마음을 가진 사람들이었다. 함께 그대들이 돌아오길 바라고, 기다리는 fangod였다. 지난 앨범과 물품을 사려 가입한 팬카페였는데, 어느샌가 나에겐 상점을 넘어 사랑방 같은 존재가 됐다. 내가 놓쳤던 그대들의 과거를 다른 팬들의 글을 통해 알게 되고, 어떻게 다시 볼 수 있는지를 찾았다. 밖에서 친구들의 다른 가수 자랑을 들어주고 온 날이면, 팬카페에 그대들을 함께 자랑하곤 했다. 친구들에게는 늘어놓지 못한 그리움을 동병상련의 팬들과 나누면, 어느새 그리움은 즐거움으로 변했다.

그렇게 커뮤니티에서 댓글을 달고 글을 쓰다 보니, 점점 친해진 언니, 동갑, 동생들이 생겨났다. 서로 얼굴은 하두리캠 사진밖에 보지 못했고, 연락은 버디버디로 쪽지를 보내고, 채팅하는 것이 전부였다. 하지만 학교 친구들보다 이 친구들과 채팅하며 노는 것이 재밌어서 학교가 끝나면 빠른 걸음으로 곧장 집으로 향했다.

집에 오자마자 컴퓨터를 켜서는 학원에 가기 전까지 수다를 떨었다. 때로는 사랑하는 당신들이 주제였고, 때로는 학교에서 화났던 일이 주제였다. 부모님과 가족에 대한 하소연이, 짝사랑하는 마음이 주제가 되기도 했다. 그중 잘 통하는 친구들은 핸드폰 번호를 교환해서 종종 문자를 하며 지냈다. 시험이 끝나고 학교 친구들과 놀지 않고, 같은 팬지인 친구를 만나러 새로운 동네로 떠나기도 했다. 우리는 그렇게 팬으로 시작해서 어느새 고민을 나누고 응원하는 진짜 친구가 됐다.

그대들을 기다리던 시간, 우리는 그랬다. 그대들이 돌아오는 길을 잊을까 우리는 촛불을 하나씩 밝혀 기다리고 있었다. 그대들을 향한 그리움에 마음이 아플 때, 우린 서로의 촛불을 나누며 따뜻하게 서로를 지켰다. 그대들의 빈자리로 외로움이 느껴질 때면, 우린 모여 앉아 그대들의 빈자리를 서로 채워나갔다. 그대들을 다시 볼 수 있겠느냐는 막연함이 파도처럼 덮쳐올 때면, 우린 서로 더 가까이 모여 촛불을 감쌌다. 우리의 일상을 살아가며 그대들이 돌아올 것이라는 그 믿음이 꺼지지 않도록 서로의 빈자리를 채우며 공허함을 지워나갔다.

Date. 2004년 12월의 어느 날

부녀의 보통날

그대들이 6집으로 돌아온다는 소식은 내게 크리스마스 선물과 같았다. 5집이 마지막이었던 걸까 봐 가슴 졸이던 나는 드디어 안도하며 숨을 내쉴 수 있었다. 아직 그대들의 새로운 노래를 더 들을 수 있다는 것, 이제 다시 무대 위의 그대들을 볼 수 있다는 희망의 햇빛이 내려앉았다. 하지만 그 무렵 둘째의 입대 소식도 있었다. 네 명이 돌아오자, 한 명은 볼 수 없는 상황이 야속했다. 햇볕이 내리쬐기 무섭게 일기예보에는 비가 대기하고 있었다.

6집 쇼케이스가 확정되자 팬들 사이에서는 기대와 걱정이 눈처럼 소복이 쌓이고 있었다. '입대 전에 당신이 쇼케이스에 올까?' '혹시나 당신이 왔다가 되레 상처받고 가는 것은 아닐까?' 한 사람, 한 사람의 기대와 걱정이 모여 커다란 눈 뭉치가 됐다. 공개된 일정으로는 쇼케이스는 당신의 입대 전이었다. 그래서 한 줄기 희망을 꼭 쥐고 있었다. 다섯이 한 무대에 선 모습을 볼 수만 있다면, 올해 남은 내 모든 운을 하늘이 걷어가도 좋았다. 그렇게 간절히 당신이 용기를 내주길 바랐다.

30초, 아니 10초가 돼도 좋으니까, 당신의 그림자라도 볼 수 있길 바랐다. 생중계 화면에 잡히는 것이 싫다면, 대기실에 왔더라는 소식이라도 들을 수 있길 바랐다. 나는 어떻게든 그대들 다섯 명이 서로를 놓지 않았다는 증거를 보고 싶었다. 그것이 한 가닥의 얇은 실일지라도, 이대로 끝이 아니라는 그 얇은 실이라도 잡고 싶었다. 이런 간절하고 애달픈 마음으로 그대들의 6집 쇼케이스를 기다렸기에, 나는 모니터로 그대들을 보며 눈물지을 것이 뻔했다.

그래서 혼자 컴퓨터를 독점하기 위해 저녁 식사 자리에서 가족들에게 내 컴퓨터 사용 시간을 통보했다. 하지만 사춘기 딸은 처음이었던 부모님은 사춘기의 중학생에게 접근을 잘못해도 한참 잘못했다. 굳이 같이 보자며 다가왔고, 부모님이 들어오니 남동생까지 딸려 왔다. 정말 싫었다. 나는 그 시간을 혼자 온전하게 감상하고 싶었는데, 방해를 받아도 이렇게 완벽하게 방해를 받을 순 없었다. 컴퓨터 앞에 앉은 내 뒤로 세 명이 서서는 자꾸 감정을 깨뜨리는 소리를 하는 것이 싫었다. 그래서 나가서 티브이나 보라며 툴툴거렸고, 참고 참다가 왜 이러냐고 짜증을 터뜨렸다. 그제야 그대들의 멘트가 들리지 않게 방해하던 말소리가 없어졌다.

기분이 상한 채로 꾸역꾸역 쇼케이스를 보던 중, 내 간절함이 통하기라도 했는지 당신이 무대 뒤에서 나왔다. 모니터로 지켜보던 나는 눈시울이 붉어진 채 손으로 입을 틀어막고 있었고, 현장에서 울음을 터뜨린 팬들이 카메라에 잡혔다. 모두가 한마음이지 않았을까. 간절히 바랐던 그림이 눈앞에 펼쳐진 감동과 어쩌면 다섯의 모습은 이게 마지막일지도 모른다는 현실을 부정하고 싶은 슬픔. 그래서 현장에서 눈물 흘리는 팬들이 내 몫의 감정을 전하는 것 같았다.

팬들도 울고, 그대들도 눈물짓는 모습에 감정이 쉼 없이 파도처럼 밀려왔다. 그런 날 뒤에서 지켜보던 아빠는 이상한 독설을 쏟아내며 나의 화를 돋웠다. "저기서 저렇게 우는 애들, 자기네 부모가 죽으면 울지도 않을 거야." 아빠가 독설을 내뱉고 나서야 내 뒤에 병풍처럼 서 있던 가족들이 사라졌다.

뒤에 있던 병풍 같은 세 사람 때문에 맘껏 울지도 못하고 눈물을 참아내던 나는 결국 펑펑 울었다. 내가 그대들을 좋아하는 마음이 부모도 못 알아보는 불효와 패륜으로 칭해져야 할 이유가 무엇인지 이해할 수 없었다. 가뜩이나 나는 다섯 명 중 한 사람을 떠나보내는 것만으로도 이미 충분히 가슴 아파하고 있었다. 그런 아픈 가슴에 왜 저런 독한 염산 같은 말을 쏟는 것인지 알 수 없었다. 사춘기 딸이 자신에게 짜증을 냈던 것에 감정이 상해서 한 말이라고 해도, 나에겐 큰 상처가 됐다.

마치 내가 부모도 못 알아볼 정도로 연예인에 빠진 정신 나간 사람 취급받는 것 같았다. 팬이 가수를 좋아하는 마음이 왜 그렇게까지 비난받아야 하는 것인지 서러웠다. 내 팬질이 마음에 들지 않았으면, 애초에 모니터를 혼자 보게 내버려뒀으면 될 것을 왜 나에게 상처를 주며 싸움을 걸어오는 걸까. 그렇게 모니터 앞에 쌓인 휴지 산의 높이만큼, 부녀간의 감정의 골은 깊어졌다. 아빠는 내가 딸이고 자식이니, 어른에게 짜증을 낸 것에 먼저 사과해야 한다고 믿는 40대 아저씨였다. 하지만 나도 나대로 상처를 받았기에 엄마의 중재에도 꿈쩍도 하지 않았다. 그렇게 몇 주를 아빠와는 한마디 말도 하지 않으며, 부녀간의 자존심 싸움은 계속됐다.

묵언으로 반항하던 어느 주말 오후, 나는 그대들의 음악방송 무대를 보기 위해 리모컨을 사수했다. 장녀에게 채널 통제권을 빼앗긴 엄마와 남동생은 음악방송을 함께 보고 있었다. 그때 안방에 있던 아빠가 나와서는 "스크린으로 보면 콘서트 같겠네."라며, 거실의 스크린과 스피커를 켜기 시작했다.

거실에 설치된 스크린과 스피커는 당시 아빠가 가장 아끼는 것이었다. 이 스크린과 스피커 설비는 영화 시청을 목적으로 설치된 것으로 아빠만이 그 작동법을 알고 있었다. 다른 식구들은 고장이라도 낼까 봐 맘대로 틀 수 없는 것이었다. 월드컵 중계방송 수준은 되어야 연결해 주던 스크린이었는데, 그런 아빠의 소중한 스크린으로 그대들의 무대를 보라는 것이었다. 하지만 아빠의 호의에도 나는 그대들의 무대를 제때 보지 못하게 하려는 심술이 아닐지 의심하고 있었다. 의심을 가득 안고 소파에 앉은 나는 대답 없이 그저 그대들의 순서가 오기 전에 모든 연결이나 마쳤으면 하고 심드렁하게 기다렸다.

다행히 아빠는 심술을 부리는 것이 아니라, 미안하다는 말 대신 화해의 신호를 띄운 것이었다. 그래서 그날은 커다란 스크린으로 더 크게, 더 좋은 음질로 '보통날' 무대를 감상했다. 누구도 사과하지 않은 채, 우리는 암묵적으로 화해를 했다. 그제야 우리 부녀에게도 보통날이 다시 찾아왔다.

내 편 같지 않은 아빠와
냉전에 지쳐가는 엄마
바늘 같이 예민한 장녀
아주 눈치 없는 우리 막내
서로가 처음이라
다투고 화해하던 그 시간

Date. 2004년~2005년 사이의 어느 날

어느 팬의 이름

 팬카페에 처음 가입할 때, 닉네임은 그냥 아무렇게나 설정했었다. 내 팬질의 주요 무대는 온라인이었고, 온라인에서 닉네임이 중요하단 생각은 딱히 못 했던 것 같다. 그저 불릴 때 부끄럽지만 않으면 되는 것 아닌가 했다. 호영곤듀 이런 걸로 해놓으면, 누군가 댓글에서나 아니면 혹여 오프라인에서 만나기라도 하면 얼굴이 토마토가 될 것 같았다. 그래서 처음 팬카페를 둘러보면서 [도용금지] 게시판을 대수롭지 않게 생각했다. 그저 오프라인 활동을 하는 사람들이 온라인에서 쓰는 문구와 닉네임을 플래카드로 만들어 쓰기도 하니까, 중복을 막기 위해 하는 거구나 정도로 이해했다.

 하지만 어느 날 심심해서 들여다본 [도용금지] 게시판에는 글이 어마어마하게 많았다. 여기에 검색해서 나오면 못 쓴다는 것인데, 쓸 수 있는 것이 남아있기는 한 건가 싶은 정도였다. 한 사람이 여러 개의 도용금지를 걸어놓기도 했다. 그대들에게 자신의 존재를 알리기 위한 그 짧은 문구들 하나가 이들에게 귀중한 자산이라는 것을 그때 알았다. 대수롭지 않게 여겼던 것의 가치를 알고 나니, 나도 나만의 무언가를 만들어 나의 것으로 공표하고 싶었다. 고작 팬카페에 올려 증거를 만드는 것이지만, 그것이 언젠가 생길 누군가와의 충돌에서 유용하게 쓰인다면 보험처럼 들어두는 것이 좋지 않겠는가. 그래서 그날부터 고민에 빠졌다.

갑자기 열 글자 내외로 그대들을 향한 내 마음을 표현하기란 쉽지 않았다. 그래서 내 팬질 활동의 이름으로 쓰일 닉네임이자 언젠가 만들게 될 플래카드 문구 선정을 위한 기준을 정했다.

첫째, 유행어가 들어가는 등 유치한 표현은 금지. 나는 가급적 하나의 문구로, 오랜 시간을 그대들에게 한결같이 다가갈 수 있는 이름을 원했다. 혹시라도 내 문구가 그대들에게 전달됐는데, 후에 내가 유치하다고 바꾸면 기껏 나를 알린 것이 도루묵이 될 수 있으니까 말이다.

둘째, 영어로도 쓰기 쉬울 것. 긴 영어 단어나 표현은 안 되고, 그 발음을 한글로 썼을 때도 무난하길 바랐다. 그리고 외국어를 쓰게 될 때 반드시 그 뜻과 실제 사용하는 예문을 찾아봐야 했다. 한국에

온 외국인들이 종종 사람들이 입은 티셔츠에 무의미하게 적힌 영어에 웃거나 놀란다고 했다. 우리의 캡틴에게 그런 굴욕을 당하고 싶진 않았다.

나름의 원칙을 세우고 나서도 쉽지 않았다. 그룹명으로 할까, 특정 멤버로 할까도 정하지 못했다. 다섯 명 중 한 명을 꼽는 것은 항상 가장 어려운 일이었지만, 그때는 둘째의 입대가 곧이었던 시기였다. 그리고 둘째가 다시 지오디의 품으로 돌아와 다섯 명 완전체가 되는 것이 내 간절한 소원이기도 했다. 첫 번째 원칙인 유치함을 좀 어긴 것 같긴 했지만, 그런 마음을 담아 하나를 만들었다. "하늘색군복운군" 곧 군인이 될 그대가 하늘색을 잊지 않길 바랐다. 다소 유치해서 마음에 썩 들진 않았지만, 아쉬운 대로 일단 도용금지를 걸어보자란 생각으로 게시판에 검색했다. 벌써 누군가 나와 같은 생각과 마음으로 게시판에 올려뒀더라.

역시 좀 괜찮다 싶은 문구는 이미 선점됐구나 싶어 아쉬운 마음으로 일곱 글자를 가만히 내려다봤다. 그러다 가장 담고 싶었던 하늘색과 운계상, 두 단어의 두 글자가 눈에 들어왔다. '하' 그리고 '윤'. 하윤, 일단 짧으니 여차하면 멤버 이름이던, 그룹 이름이던 어디든 붙일 수 있을 것 같았다. 그리고 평범한 사람 이름 같아서 부끄러울 일도 없을 것 같아 딱 맞았다.

그래서 한자를 검색해서 뜻을 붙였다. '하' 霞(놀 하), '윤' 贇(예쁠 윤). 처음에는 저 '놀'은 '놀다'의 놀인 줄 알아서 "예쁘게 놀다"

란 의미를 붙였다. 물론 그대들은 무대 위에서 노래할 때가 가장 멋있지만, 나는 예능에서 그대들끼리 장난치고 노는 모습이 재밌고 좋았다. 그래서 내가 좋아하는 그대들의 모습을 표현하는 단어가 될 수 있다고 생각했다.

그런데 알고 보니 저 '놀'은 '노을'이었고, 의미는 예쁜 노을이 돼버렸다. 한자 무식자의 한계는 이렇게 나타난다. 어떻게 의미를 붙이는지 공부하지 않고 제멋대로 갖다 붙인 결과였다. 그런데 또 나는 합리화의 신, 연결고리를 만들다 보니 크게 나쁘지 않더라. 내가 가장 좋아하는 하늘의 모습 중 하나가 노을이었기에, 내가 좋아하는 그대들과 연결하긴 어렵지 않았다.

내가 노을을 좋아하는 만큼 아니 노을을 바라보는 것보다 더 좋아하는 것이 그대들이었으니까. 노을이 하늘을 붉게 적시듯, 그대들은 나의 마음을 하늘빛으로 적셨으니까. 그리고 읽히는 단어만으로는 의미가 확 드러나지 않는 점도 마음에 들었다. 이 두 글자에 담긴 의미와 이야기는 나만 알고 있는 것이 어딘지 신비롭기까지 했다. 그래서 하윤이란 문구를 나의 것으로 만들었다.

팬카페에 첫 도용금지 글을 올린 지 얼마 되지 않아, 'god is back' 콘서트로 실물의 그대들을 접한 이후 나에게도 최애가 생겼다. 최애가 없을 때면 모를까, 최애가 있으니, 최애를 넣은 문구도 하나 있어야 하지 않겠나. 그래서 다시 이름 짓기를 시작했다. 나의 최애, 캡틴을 머릿속으로 그리며 그대의 특징과 내가 좋아하는 모습을 요리조리 고민했다.

탄탄한 몸, 이국적인 외모, 팬을 향한 그 진심, 동생들을 이끄는 리더, 랩과 춤으로 무대를 채우는 모습까지. 이것들을 모두 포괄할 단어가 있을까 머리를 굴리던 중 떠올린 "멋지다." 그리고 "멋쟁이". 내가 그대를 처음 보고 감탄하며 한 말이 "멋있다!"였으니까. 그대로 쓰기엔 유치한 감이 있어 영어사전에 검색하니 Dandy란 단어가 나오더라. 예문도 확인해 보고 통합 검색으로 다시 Dandy를 검색해서 이상한 의미로 쓰이는 것은 아닌지 확인했다. 그렇게 만들어진 것이 "댄디쭌"이란 문구였다. 나만의 방식으로 짧고 굵게 나의 최애를 표현했다.

이름에는 누군가의 미래를 의미로 담는다. 어떻게 살길 바라는지가 담기기도 하고, 어떤 사람이 되길 바라는지를 뜻하기도 한다. 내가 만든 fangod로서의 내 이름에는 매일 저녁 하늘을 붉게 물드는 노을처럼, 붉은 팬심을 담았다. 밤하늘에 쏟아지는 별처럼 멋진, 무대 위에서 반짝이는 그대들의 모습을 그렸다. 반짝이는 그대들을 향해 언제나 나의 팬심은 붉게 타오를 테니, 지금처럼 항상 우리 곁의 파란 별로 남아주길.

god

groove over dose

since 1999. 01. 13.

Date. 2004년~2005년 사이의 어느 날

아이는 한 뼘 더 성장한다

6집이 나오고 조금 지나 그대들의 콘서트 소식이 들려왔다. 그때의 나는 그대들의 공백기를 후회로 지새우며 애정도 열정도 모두 최대치로 축적했겠다, 이젠 초등학생 딱지를 떼어낸 중학생이었다. 이 정도면 콘서트 가도 되지 않나 싶었다. 하지만 용돈만 모아서는 예매 날까지 어림도 없을 것 같아 결국 엄마의 도움을 받아야 했다. 저녁 식사 후 설거지를 하던 엄마 옆에 서서 말했다. "지오디 콘서트한대. 나 이거 진짜 가고 싶어. 용돈 모은 거로는 부족한데, 이번 생일 선물은 부족한 돈 채워주는 걸로 받을래!" 내 말에 엄마의 신기하다는 듯한 시선이 따라왔다.

엄마가 신기할 법도 했던 것이 동네 축제에 연예인이 온다고 보러 가자는 가족들의 말에도 "그래?"라며 별 관심을 보이지 않던 나였다. 그러니 딸의 이 팬질도 티브이나 보고 사진이나 모으는 수준에서 끝날 거로 생각했다. 이렇게 직접 보러 가고 싶어 할 거라고는 예상하지 못한 것이다. 거기다 서울은 한 달에 한 번 엄마와 함께 교정기 때문에 치과에 갈 때 말곤 없는 애였다. 그런 곧 열다섯 살이 될 열네 살이 밤늦게 끝나는 공연에 간다고 하니 놀랄 만도 했다.

엄마의 시선과 함께 질문이 이어졌다.
"언제 하는데?"
"어디서 하는 건데?"
"얼마가 부족한데?"
"서울까진 어떻게 갈 건데?"
"혼자 간다는 거야?"
"결제는 뭐로 하는 건데?"

엄마의 따발총 같은 질문에 답하지 못하면 허락도 돈도 날아갈세라, 긴장을 놓지 않고 꼬박꼬박 대답했다. 이 역시 철저하게 사전에 답변을 공부해 뒀다. 올림픽공원까지는 어디서 갈아타서 가야 하는지, 막차가 몇 시까지 있는지, 예매할 때 돈은 어떻게 지급해야 하는지, 무통장입금은 어떻게 하는지. 엄마의 질문이 구체적으로 바뀔수록, 점점 가능성이 높아지는 것 같았다. 침을 꼴깍 삼키며 내가 제법 진지한 태도로 대답을 다 하자, 엄마는 묘한 웃음을 지으며 조건을 걸었다.

"그럼, 이번 압구정 치과 예약 엄마 없이 혼자 다녀올 수 있겠어?
혼자 다녀오면, 엄마도 믿고 생일선물로 보내줄게."
"당연하지!"
그렇게 엄마와의 조건부 거래가 성사됐다.

압구정 치과를 향하는 토요일 아침까지 엄마는 몇 번을 되물었
다. "진짜 혼자 갈 수 있겠어?" 초등학교 1학년 첫 등교 날, 혼자 집
에 못 찾아온 전적이 있던 딸이기에 엄마는 믿기 힘들어했다. 엄마
의 의심에 긴장을 한 뼘 더 깊이 파묻고선, 씩씩하게 대답했다. "당
연하지! 맨날 가던 길로만 가면 되잖아."

MP3에는 그대들의 노래를 담아 넣고선, 지하철 노선도를 꼭 쥔
채 나 홀로 상경길에 올랐다. 그대들과 함께 할 기회를 얻어내고자,
길치에 겁쟁이였던 그 꼬맹이는 이날 하루만큼은 씩씩해지기로 했
다. 540번 버스를 타고 고속터미널까지 가서 다시 지하철 3호선을
갈아타는 나의 여행기. 갈 때는 비교적 괜찮지만, 집으로 돌아오는
길이 문제였다. 복잡하고 눈 돌아가는 지하상가를 잘 지나서 버스
정류장에 도달해야 했다.

눈으로 나란히 늘어선 고만고만한 가게들을 열심히 훑었다. 머
릿속에서는 지난달의 기억을 떠올리려 애썼다. 이 가게를 지났었

지. 여기서 꺾었던가? 아니다! 저기까지 가서 꺾었다. 그때 엄마랑
구경한 옷이 아직도 걸려있네. 다행이다! 그렇게 모든 감각을 총동
원해서 버스정류장에 도착했고, 무사히 집 가는 버스에 탑승했다.
그제야 긴장을 풀고 MP3 속 그대들 노래를 감상할 수 있었다.

　　그리고 집에 도착한 나는 의기양양하게 소리쳤다.
　　"나 이제 콘서트 가는 거다!"
　　엄마와 아빠는 잔뜩 신이 난 모습의 날 흐뭇하게 바라보며 답했다.
　　"안 무서웠어? 대단하네, 우리 딸. 진짜 다 컸네."
　　"그래, 약속은 지켜야지. 고생했어."

　　그날 밤, 내 방 침대에 누운 나는 거실에서 들리는 얘기에 쑥스러
운 듯 웃음을 짓고 있었다.
　　"언제 저렇게 커서 연예인을 쫓아다니게 됐대."
　　"그러게. 이제 혼자 서울도 가고, 다 컸네."

　　열네 살의 나는 그대들을 향한 일이라면 용기가 샘솟았고, 의지
가 불타올랐다. 그대들을 만날 생각으로 소녀는 한 뼘 더 성장했다.
거침없이 성장의 계단을 오르고, 또 올랐다. 그렇게 오르는 한걸음
에 내가 알던 우물을 벗어났고, 세상을 알아갔다. 그대들이 모르는
사이, 그대들은 사춘기 소녀를 키워내고 있었다. 아니, 그대들은 수
많은 소녀를 키워내고 있었다.

Date. 2005년 2월의 어느 날

Loving You
- 최애의 탄생 -

　나 홀로 상경길 도전에 성공하여 얻어낸 소중한 내 첫 콘서트, 'god is back'. 티켓이 배송되는 날은 내 티켓이 무사히 도착할지 마음 졸였고, 콘서트 전날은 내 티켓이 서랍에 잘 있는지 몇 번을 열어 확인했다. 내가 행여 티켓을 어디에다 뒀는지 못 찾아 다음날 난리를 칠까 두려워 점심 먹고 확인하고, 저녁 먹고 확인하고, 자기 전에 또 확인했다. 다가오는 나의 첫 콘서트 생각에 침대에 누워서도 발을 동동 구르고, 손으로 이불을 꽉 쥐었다가 머리끝까지 썼다가 내리며 난리를 쳤다. 나, 진짜 내일 지오디 보는 거 맞나? 텔레비전 속에 있는 사람이 아니라 진짜 사람 보러 간다? 그렇게 믿어지지 않는 내일을 그리며 침대에서 뒹굴뒹굴하다 잠이 들었다.

올림픽공원역에 무사히 도착하자, 출구를 나가는 사람들이 모두 다 나와 같은 사람들임을 알 수 있었다. 하늘색 옷을 입거나, 파란 야광봉을 든 사람들이 모두 한 지점을 향해 걸었다. 그 일대에는 커다란 플래카드를 들고 걸어 다니는 사람들이 있었다. 작은 종이를 나눠주며 "무슨 파입니다~ 카페 놀러 오세요."라고 인사를 건네고 있었다. 팸과 파의 존재는 알았지만, 그들의 오프라인 활동에 이런 홍보도 포함이었다는 것을 처음 알았다. 그리고 나눠주는 명함이라는 종이는 그대들의 모습이 제각각으로 들어있어 모으는 재미가 쏠쏠했다. 콘서트는 시작도 전에 이렇게 예쁘고 귀여운 그대들 사진을 나눠주는 좋은 곳이라는 첫인상이 생겼다.

스탠딩 입장을 시작하며 달리는 사람들 사이에서 얼결에 같이 뛰었다. 옆에서 뛰니까 같이 뛰어야 할 것 같은 느낌 정도는 있었다. 뛰지 말라는 경호원과 스태프들의 말은 다들 무시하길래 같이 무시하고 뛰어서 한 줄이라도 더 앞에 서려고 했다. 하지만 나와 현주는 간신히 취소 표를 준 사람이었고, 좋지 않은 스탠딩 번호였다. 그래서 실제로 그대들을 보고, 그대들의 목소리를 듣는 것에 감사하며, 우리는 무대와는 멀찌감치서 즐기는 걸 택했다. 하지만 그마저도 공연이 시작하자 흥분하여 가까이 가고 싶어 하는 사람들의 욕망으로 인간 파도가 떠밀려와 쉽지 않았다. 앞뒤 좌우에서 밀려오는 인간 파도에 휩쓸려 현주를 놓칠세라 틈틈이 우리는 서로가 어딨는지 확인하랴, 노래 부르랴, 까치발로라도 그대들을 눈에 담으랴 바쁘게 움직여야 했다.

콘서트장의 열기로 입고 있던 옷이 답답해질 때쯤이 되어서야 인간 파도가 잠잠해졌다. 그제야 현주와 나란히 서서 즐길 수 있었나. 우리는 그나마 가까운 돌출무대로 실물의 그대들이 걸어오길 기다렸다. 마침내 돌출무대에 그대들이 나오면 나는 연신 벌어지는 내 입을 막으며 감탄했다. 텔레비전에 나오는 모습 그대로를 볼 것이란 생각에 어젯밤 설렘에 뒤척인 나였다. 그런데 내가 직접 눈으로 보는 그대들은 화면 속 모습과 달랐다. 멋있어도 너무 멋있었고, 잘생겨도 너무 잘생겼다.

집에 있는 평면의 티브이와 모니터에 배신감을 느꼈다. 그동안 화면은 그대들을 담아내지 못하고 있던 것이었다. 말로 표현할 수 없는 감탄만 내뱉게 하는 것이 그대들의 실물이었다. '멋지다.', '잘생겼다.' 그런 표현으로는 표현할 수 없었다. 눈으로 보면서도 내 눈앞에서 노래하고 춤추는 그대들의 모습을 믿을 수 없었다. 이거 꿈 아닌가 싶어 현주에게 물었다. "나 지금 꿈꾸는 거 아니지?" 헤벌레하고선 멍청하게 묻는 나를 보고 현주는 정신 차리라며 웃었다.

그리고 내 인생 첫 콘서트에서 내가 절대 잊지 못하는 한순간이 있다. 무슨 노래였는지 기억은 나지 않는다. 나는 그저 이번에도 돌출무대로 그대들이 나오기만을 기다렸고, 그때 그대가 돌출무대로 걸어 나왔다. 그대가 돌출무대를 나오는 모습을 나는 열심히 눈으로 쫓았다. 무대 끝에 선 그대는 한 사람, 한 사람을 다 담아가겠다는 듯이 천천히 팬들을 바라보며 노래했다. 공연장의 한 명, 한 명이 소중하다는 듯이 사랑 가득한 눈빛으로 관객석을 천천히 눈에 담는 그대의 모습에, 나는 내 시선을 빼앗겨 버렸다.

그 순간 마치 뭐에 홀린 듯이, 내 시야가 좁아졌다. 돌출무대 끝 그대에게 핀 조명이 떨어지기라도 한 듯이, 그대만 보였다. 천천히 시선을 옮기며 공연장의 모습을, 팬들의 모습을 담는 그대의 모습이 슬로모션처럼 유독 느리게 움직이는 것만 같았다. 그대가 천천히 옮기는 그 시선에는 팬을 향한 사랑이 가득했다. 그 애정 어린 시선은 추운 겨울날을 녹여내는 햇살처럼 따뜻했다. 그 온기가 그대의 마음이 진심이라는 것을 말해주고 있었다. 진심으로 꽉 찬 그대의 눈빛을 바라보며 나는 그대에게서 눈을 뗄 수 없었다. 한참을 마법에 걸린 듯이, 홀린 듯이 바라보던 그때, 그대의 시선이 나에게 닿았다. 나에게 닿았다고 믿었다.

그리고 흠칫 놀라 시선을 떨궈버린 나였다. 마치 그대를 훔쳐보다가 걸린 것만 같아 부끄러웠다. 그 짧은 순간 첫사랑을 들켜버린 소녀가 됐다. 그러다 '아차, 이런 기회가 또 없는데' 싶어 고개를 다시 들어 그대를 바라보며, 엄지를 높이 들어 올렸다. 어차피 힘껏 소리쳐도 함성에 묻힐 나의 작은 목소리를 대신해, 그대가 최고임을 표현했다. 내 주변의 다른 팬들 모두가 그대와 눈 맞춤을 했다고 믿었을지도 모른다. 그런데 나 역시 그때 그대가 나와 눈이 마주쳤고, 씩 웃던 그 미소는 나를 향한 것이라고 믿었다.

그대가 노래하며 천천히 팬들을 그대의 눈 안 가득히 담는 동안, 내 눈에는 그런 그대의 모습을 가득히 담았다. 노란 탈색 머리, 까무잡잡한 피부의 단단한 몸으로 팬의 모습을 하나라도 더 담고 싶다는 듯, 돌출 무대 끝에서부터 가장 먼 곳의 객석까지를 눈에 담던 그대의 모습. 우리를 향한 그대의 진심에 난 반해버렸다. 누군가는 비웃을 일일지라도, 난 그날 그대의 눈에서 우릴 향한 사랑과 진심을 읽었다. 집으로 돌아오는 길, 그렇게 난 현주에게 선포했다. "난 박준형이 제일 좋아." 그렇게 내게도 최애가 생겼다.

Date. 2005년의 어느 날

그대의 생일과 함께 살아가고 있어

"핸드폰 뒷자리가 어떻게 되세요?"

"0720이요."

이벤트로 당첨된 티켓을 교환하러 간 티켓 부스에서, 물건을 계산대에 내려놓으면 결제하는 계산대에서, 일상에서 핸드폰 번호 뒷자리는 참 다양하게 쓰인다. 핸드폰 번호 뒷자리는 개인이 가장 잘 기억하는 숫자이기에 비밀번호 8자리~12자리에 들어가는 조합으로 쓰이기도 한다. 그만큼 이 네 자리의 숫자는 각자에게 가장 익숙한 숫자이자, 중요한 숫자가 아닐까.

핸드폰이 필수품이 되자, 회사원인 아빠부터 시작하여 엄마, 나,

그리고 남동생 순으로 모두 핸드폰을 갖게 됐다. 핸드폰 번호 중 개인이 지정할 수 있는 마지막 네 자리는 흔히 외우기 쉬운 번호로 정한다. 그러다 보니 자연스레 집 전화번호가 핸드폰 번호로 이어지곤 한다. 그래서 우리 가족 네 명의 핸드폰 뒷자리는 2793이 됐다.

나는 중학교에 올라가면서 첫 핸드폰을 갖게 됐다. 주변의 친구들은 다 핸드폰을 갖고 있다는 말로 조르던 찰나에, 때마침 아빠 회사에서 저렴한 가격의 행사를 하고 있었다. 그렇게 폴더 끝부분은 탁한 하늘색이 덧대어져 있던 폴더폰을 내 첫 핸드폰으로 맞이했다. 그때의 나에겐 나도 이제 핸드폰이 생긴다는 사실이 중요했지, 다른 것은 중요하지 않았다. 나는 그저 핸드폰을 사 주는 아빠가 해주는 대로 받아서 쓰기만 하면 됐다.

한창 컴퓨터만 켜면 게임 대신 팬카페로 직행하며 인터넷에 빠져 살던 시기였다. 그때 팬카페에서 핸드폰을 바꾸며 번호를 멤버의 생일로 바꿨다는 글을 봤다. 그제야 핸드폰 번호 뒷자리를 내가 원하는 것으로 지정할 수도 있다는 것을 알았다. 그리고 핸드폰 번호를 그대들 중 한 명의 생일로 지정한다는 것이 꽤 의미 있어 보였다. 가뜩이나 생일 같은 날짜를 잘 못 외우는 나에겐 어쩌면 이 방이 그대들의 생일 중 하나는 잊지 못하게 할 장치가 되겠다 싶었다. 그래서 언젠가 나도 핸드폰을 바꾸면, 꼭 내 핸드폰 번호 뒷자리는 그대들의 생일로 해야겠다고 다짐했다.

그리고 생각보다 그 다짐을 실천할 시간은 금세 찾아왔다. 때는 폴더폰을 지나 슬라이드폰이 나왔던 시기였다. 폴더폰이 슬슬 지겨워지기 시작했다. 그 지겨움을 덜어내려 튜닝스티커를 붙이고 칼로 잘라내며 나의 폴더폰을 튜닝하며 쓰고 있었다. 그러던 그 때, 엄마가 핸드폰을 바꾸게 됐다. 엄마 핸드폰을 같이 고르는 척하면서, 나는 내가 원하는 핸드폰도 슬쩍 손가락으로 찍어 보였다. "엄마, 이거 예쁘다. 요새 애들 다 슬라이드폰 쓰는데…" 기대 없이 한 말인데 엄마는 쉽게 "그래, 너도 이번에 바꾸자."라고 대답했다. 그래서 얼결에 나도 핸드폰을 바꾸게 됐다.

첫 핸드폰 때는 내가 직접 서류를 쓸 일이 없었는데, 이번에는 서류를 작성해서 보내야 구매와 개통이 완료된다고 했다. 그래서 찬찬히 서류를 들여다보며 적어 넣는데, 내가 원하는 핸드폰 뒷자리를 순위별로 적어낼 수 있는 칸을 보았다. 그래서 나는 냉큼 "0720" 네 개의 숫자를 1순위로 적었다. 엄마를 통해 전달되는 서류였기에, 엄마는 내가 제대로 적었나 점검을 했다. 그러다 엄마가 나의 1순위 뒷자리를 보고선 물었다.

"2793이 아니네?"

"응, 난 저 번호가 좋아."

"왜? 그냥 2793하지? 너만 번호가 다르면 엄마랑 아빠가 핸드폰 번호 외우기 힘들잖아."

"엄마, 아빠가 할머니, 할아버지도 아니고 그거 외우는 데 얼마나 걸린다고 그래. 금방 적응할 거잖아."

이유를 묻는 물음에 저 번호의 의미를 군이 덧붙여 설명하진 않았다. 저 번호가 그대의 생일이란 것을 말하면 또 엄마는 웃을 것이 분명했다. 그럼 나는 괜히 부끄럽고 쑥스러워질 것 같았다. 마치 학교에서 내가 어떤 남자아이를 좋아하는지 들키는 것처럼 말이다. 다행히 엄마는 더 이상 묻지 않았고, 그렇게 서류의 제출이 끝났다. 일주일 뒤 모서리가 둥글둥글하고 광이 나는 까만 조약돌처럼 생긴 슬라이드 핸드폰을 손에 넣었다. 그리고 새 핸드폰과 새 핸드폰 번호가 생겼다. 나의 핸드폰 뒷자리 네 자리는 0720. 그렇게 가족 중 유일하게 나만 다른 뒷자리를 갖게 됐다.

콘서트에서 내가 첫눈에 반해버린 그대를 소중하게 여기고 싶었다. 그대를 향한 이 마음을 어떤 형태로든 표현하고 싶었다. 그래서 7월 20일, 이 숫자를 나에게 가장 가깝고 중요한 숫자로 만들었다. 0720, 그대의 생일은 오늘도 나와 함께 살아가고 있다.

Date. 2005년 6월의 어느 날

작은 남자들과 함께

가끔 가수들의 인터뷰를 볼 때, "꽉 찬 객석에 앉은 팬들이 나만 보고 있는 눈빛, 나를 향해 외치는 함성은 잊을 수 없어요"와 같은 말을 들을 때가 있다. 극 내향형 인간인 내가 경험할 리 없는 일임에도 나는 저 말에 크게 공감한다. 한 명의 팬으로서 내 사람들을 응원하는 외침과 팬들의 응집력이 소름 끼치게 멋있다는 것을 직접 경험해 봤기에 안다. 단순하게 '알고 있다.' 네 글자로 표현하기에는 팔에는 소름이 돋고, 뼛속이 짜릿하고, 머리털이 쭈뼛 설만큼 온몸으로 알고 있다.

드림 콘서트에 그대들이 나온다는 소식이 팬카페에 전해지자, 팬카페는 벌써부터 콘서트 현장인 듯 시끌벅적했다. 팬의 마음이란 "내 가수가 실망하는 꼴은 절대 볼 수 없다!"로 똘똘 뭉치기 시작해서, "전성기 때의 그 영광, 시간을 다시 경험하게 해 줘야지!"라는 뜨거운 의지로 불탔다. 우리는 티켓을 최대한 확보하려고 했고, 개인에게 남는 티켓은 팬카페에서 서로 나누며 한 명이라도 더 좌석을 채울 수 있게 했다. 팬카페에는 지방의 여기저기서 버스를 대절하는 모집 글이 즐비했다. 한 자리라도 더 하늘색으로 물들이려는 십시일반의 노력이 모이고 있었다. 잠실을 채운 하늘색 물결이 넷으로 돌아오기까지 쉽지 않았을 그대들에게 줄 수 있는 가장 큰 선물이 아니었을까. 그대들의 감격스러워하는 모습, 감동받은 모습을 기대하며 하늘색 물결을 준비하던 우리였다.

거기다 야광봉 색이 겹치는 걸로 눈엣가시 같던 한 팬덤과 대면하는 날이기도 했다. 요즘이야 워낙 아이돌 그룹도 많아졌고 색상에는 한계가 있어 이 정도로 예민한 문제가 아닐지 모르겠으나, 그때는 심각한 문제였다. 우리가 오랜 시간 써온, 우리의 상징색을 빼앗길 수 있는 문제였으니까 말이다. 그러니 가서 우리의 위력을 보여줘야 했다. 우리 이렇게 큰 팬덤이니까 넘보지 말라는 경고를 보여 줘야 했다.

큰 경기장 가득히 깔린 하늘색 풍선과 커다란 글씨로 꽉 찬 현수막이 내걸린 드림콘서트의 현장은 사진과 동영상으로 많이 봐왔다. 귀를 찢을 듯한 함성과 흔들리는 하늘색 물결을 화면으로 볼 때면 몸 어딘가에서 찌릿찌릿 전기가 오는 듯했다. 보고 있으면 절로

'와, 멋지다'라고 감탄했다. 그런데 그 현장을 직접 경험할, 나도 그 하늘색 물결 중 하나가 될 기회가 온 것이다. 이 기회를 절대 놓칠 수 없었다.

그때 드림 콘서트 티켓을 내가 어떻게 구했는지는 기억이 흐릿하다. 흐린 기억 중 교복 브랜드를 통해서 얻었던 것 같은 기억이 가장 유력하다. 내 교복은 해당하지 않았지만, 마침 절친이자 fangod 동지인 현주의 교복이 티켓을 주는 브랜드였다. 그래서 콘서트지만 3층, 4층의 꼭대기에서 점처럼 보이는 가수를 보러 가는 것의 의미를 마르고 닳도록 어필했다. 팬이라면, 내 가수의 명예와 우리가 여전히 건재하다는 것을 공표하는 자리에 함께해야 한다며. 팬이라면, 영상으로만 보던 그 자리에 우리도 한 번은 있어 봐야 하지 않겠냐며. 우리도 fangod 적힌 풍선 한 번 흔들어봐야 진짜 팬지 아니겠냐며 말이다.

그리고 티켓이 풀린다는 날, 타 팬에게 뺏길세라 교복의 주인과 함께 학교가 끝나자마자 후다닥 교복 가게로 달려갔다. 당시에는 교복을 입는 아직 어린애인 것이 싫었는데, 한편으로는 아직 교복을 입기에 가능한 특권이기도 했다. 그렇게 콘서트를 가는 날까지, 현주에게 끊임없이 콘서트 이야기를 했다. 그날 준비해야 하는 것은 무엇인지, 어떤 노래의 응원법은 반드시 알아야 하는지, 콘서트 날 주의해야 하는 것은 무엇인지 등등. 그런 열성 팬지 친구로 인해 어쩌면 현주는 요즘의 표현으로 귀에서 피가 났을지도 모른다.

말로만 듣던, 글로만 보던 드림 콘서트. 그곳에 있다는 것만으로도 흥분되고 신이 났다. 몸짓과 목소리가 커지고, 입꼬리는 내려올 줄을 몰랐다. 여기저기서 나눠주는 명함과 작은 간식을 "너무 예뻐요! 감사합니다!" 하고 크게 외치며 잔뜩 받았다. 천지가 그대들의 사진이었고, 그대들을 향한 문구였다. 그때의 나에게 그곳은 신세계요, 천국이었다. 사방에 나와 같은 마음으로 같은 것을 좋아하는 사람들이 가득했다. 사전에 팬카페와 온라인의 언니들에게 보고 들으며 공부한 콘서트 현장보다 훨씬 더 어마어마했다.

오르고 올라도 계속 올라야 했던, 삐끗하면 굴러떨어지는 거 아닌가 싶던 아찔한 자리였지만 그래도 내 흥분감은 가라앉지 않았다. 공연이 시작하기 한참 전이었음에도 열기는 뜨거웠다. 그대들과 우리가 오랜만에 서는 드림 콘서트인 만큼, 그 자리에 모인 팬들은 오랜 시간 동안 응축시켜 놓은 모든 것을 터뜨리는 것 같았다. 당시 우리와 동반자 격이던 신화창조와 서로를 응원하는 것도 함께 했고, 그대들이 나오기 전임에도 우리끼리 노래하고 그대들의 이름을 외치고 있었다. 그대들이 무대에 올라 벅찬 감동에 쌓이길 바라면서 그렇게 우리의 존재를 알렸다. 우리가 왔다고. 혹여 실망할까, 흘러간 세월을 체감할까 걱정했다면 다 넣어두고 나와달라고. 그렇게 우리 함께 옛날의 영광을 재현하자고.

전광판으로 봐야 그대들의 몸짓과 표정을 볼 수 있었으니, 집에서 티브이로 보는 편이 나았을지도 모른다. 하지만 내 눈에 담은 작디작은 그대들의 모습은 그날 내 마음속에서 거대하게 자리 잡았다. 원래도 눈물이 많은 편이고, 쉽게 감동받던 나는 그대들이 무대에 오르자마자 울컥했다.

목이 터져라 사방에서 날 감싸는 함성, 그대들의 목소리보다 더 크게 들렸던 내 주변의 노랫소리. 그리고 나만큼 울컥한 다른 사람들의 눈망울과 울먹임. 마지막으로 눈앞에 펼쳐진 하늘색 풍선과 파란 야광봉의 물결이. 그 모든 것이 내 감수성을 터뜨렸다. 그날 처음 본 사람들에게 동질감 또는 동지애를 느꼈고, 학교 이외의 소속감을 처음 느꼈다. 나도 드디어 fangod로서의 자격을 인정받는 것만 같았다.

2005년 7월 9일, 청소년에게 꿈과 희망을 주겠다는 드림 콘서트는 나의 팬질 인생에 새로운 도약이 됐다. 오늘의 감동과 이 벅찬 감정을 하루로 끝낼 수 없었다. 다시 그리고 자주 느끼고 싶었다. 그대들과 수많은 우리가 모여 만든 이 그림과 기억을 다시 함께 만들고 싶었다. 그날 내 마음속에는 열정의 씨앗이 안착했고, 순식간에 잭과 콩나무 이야기 속 콩나무처럼 커져 버렸다. 그대들을 닮은 하늘을 향해서 말이다.

그래서 여러분, 어디 가면 안 돼요
없어지면 안 돼요
왜냐면, 너무 소중해
한 조각, 한 명이라도 없으면 완성할 수 없어요
- 안데니 -

밤하늘에 반짝이는 하늘색 별들이 되어
그대들을 위한 하늘빛 은하수를 수놓을게

Date. 2005년의 어느 날

아빠의 몬

요즘 아빠들은 자녀와 유대감을 쌓는 것이 중요하다는 사실을 경험과 교육을 통해 인지하고 있는 세대다. 하지만 나의 아버지는 그 이전 세대의 아버지로서 지극히 한국적인 아버지다. 엄청 무뚝뚝한 것은 아니었지만, 그렇다고 표현이 많은 편은 아니었다. 대출을 갚으랴, 자식들 학원비 대랴 열심히 벌어온 돈이 곧 애정 표현이라고 믿던 그런 세대였달까. 주 6일 근무를 했던 세대의 아빠는 중간에 주 5일로 바뀌었다고 한들, 토요일을 아이들과 보내야 한다는 생각까지는 못 했다. 자식과의 교감, 유대감을 쌓는 방법이 서툴디서툰 전형적인 한국의 40대 중년 남성이었다. 아빠는 자식들에게는 어려운 존재이며, 주말이면 잠만 자는 사람으로 인식되곤 했다.

6집 쇼케이스를 보던 날 나의 팬질을 패륜과 불효로 매도하며 1차 부녀대전을 벌인 이후, 아빠의 태도가 변하기 시작했다. 그대들이 나오는 예능을 보고 있는 날이면, 조금 더 과장되게 웃으며 "말 참 재밌게 하네."라고 덧붙이곤 했다. 처음 몇 번은 그 모습이 낯설었다. 1차 부녀대전 이후로 나는 아빠가 한층 불편해진 상태였기에 아빠의 변화에 어리둥절할 뿐이었다. 그래서 그냥 오늘 아빠의 기분이 좋은가 보다 했다.

아빠의 변화가 단순히 기분에 따른 것이 아닌, 노력에 의한 것이라는 걸 깨닫기 시작한 것은 음악방송을 볼 때부터였다. 주말의 음악방송은 오후 세 시가 좀 넘어서 시작했다. 그 시간대에 엄마는 밀린 집안일을 하거나 텔레비전을 보곤 했다. 그리고 아빠는 안방에서 라디오를 들으며 책을 읽거나 잠을 자곤 했다. 한가로운 시간대였기에 나는 남동생만 놀러 나가서 없으면, 리모컨 쟁탈전의 상대가 없어 그 시간을 만끽했다.

이 한가한 시간대에 나와 함께 음악방송을 보는 것은 주로 엄마 아니면 남동생이었다. 엄마는 리모컨을 포기하는 상대였고, 동생은 리모컨 전쟁에서 패배한 상대였다. 아빠는 그 시간대에 텔레비전 소리 좀 줄이라고 소리를 치는 사람이었지, 나와 함께 음악방송을 보는 상대가 아니었다. 그런 아빠가 슬그머니 거실에 나와 소파에서 나와 음악방송을 보는 시간이 많아졌다.

아빠가 음악방송을 처음 보러 나왔을 때, 나는 또 시끄러워서 혼내려고 나온 건 줄 알고 리모컨을 들어 볼륨을 줄일 준비를 했다. 그런데 아빠가 소파에 앉았다. 리모컨을 들었던 손을 멈칫하며, 힐끗 아빠의 눈치를 보았다. 소리를 안 줄여도 돼서 슬그머니 손을 내린 채 그대들의 순서를 기다렸다. '보통날'을 끝내고 후속곡인 '반대가 끌리는 이유'로 무대가 바뀐 시점이었다. '반대가 끌리는 이유'는 '보통날'보다 박자가 빠르고, 가사가 조금 더 귀여우며, 특히 그대들의 사랑스러운 춤으로 채워지는 곡이었다. 나는 겉으로는 외칠 수 없는 "꺅"을 속으로 외치고, 참을 수 없는 사랑스러움에 아랫입술은 꽉 깨물고 쿠션을 팡팡 때리면서 무대를 볼 준비를 하고 있었다.

그때, 아빠라는 예상치 못한 변수가 나타났다. 아빠는 물 한 잔 마시면서 잠깐 앉은 것이 아니었다. 한 가수, 두 가수의 무대가 지나가고 그대들의 순서가 점점 다가오는데, 아빠는 다시 안방으로 들어갈 생각이 없었다. 결국 나는 얌전히 쿠션을 허벅지 위에 올린 채 정자세로 그대들의 무대를 딱딱하게 감상했다. 옆에 아빠가 앉아 있는 한 저런 방정맞은 반응을 하기가 부끄러웠고, 또 안 좋은 소리를 들을까 봐 겁이 났다. 조금이라도 아빠 눈에 띄는 반응을 하면 혀 차는 소리라도 듣게 되어 내 기분만 상할까 봐 걱정했다.

나는 경주마처럼 정면으로 그대들만 보며 앉아서는, 신경은 온

통 옆에 앉은 아빠에게로 쏠려 있었다. 도대체 무슨 말을 하려고 이걸 보는 걸까. 방송의 마지막 무대였던 그대들의 무대가 끝나고, 엠씨들이 인사를 하자 아빠는 마침내 자리에서 일어섰다. 그리곤 "노래가 바뀌었네? 이번 노래도 좋네."라는 짧은 말을 남기곤 안방으로 돌아갔다.

잔뜩 언 채로 티브이를 보며 눈치를 살피던 나는 벙쪘다. '아빠가 왜 저러지?' 도둑이 제 발 저리듯이, 내가 뭘 잘못한 게 있나 아니면 또 내가 아빠 신경을 거스르게 했나 괜히 기억을 더듬었다. 분명 내 가수에 대한 칭찬인데 뭔가 말속에 뼈가 있을 것만 같았다. 그래서 '혹시 반어법인 걸까'란 생각도 했다. 지난번 아빠가 스크린으로 틀어줬던 무대는 '보통날'이었는데, 그건 그나마 아빠가 좋아할 만한 속도와 분위기였다. 그 이후로 그대들의 노래를 다시 보게 된 걸까? 아빠의 취향과는 거리가 멀게 느껴지는 '반대가 끌리는 이유'까지 좋다고 한다니. 아빠의 반응과 변화를 믿을 수 없었다. 사춘기 장녀는 가장의 노력과 변화를 받아들이기 힘들었다.

그리고 아빠의 칭찬이 정점을 찍은 노래가 있었으니 바로, 'I Love U Oh Thank U'였다. 막내가 다른 가수 노래에 피처링을 한 곡이었는데, 랩을 하는 가수만큼 막내의 보컬 비중이 큰 곡이었다. 특히 가사가 좋아서 노래가 나오자마자 이 곡만 반복하며 들었던 노래였다. 그대들 중 한 명만의 활동일지라도 소홀히 할 수 없었던 나는 다시 주말이면 음악방송 본방송을 사수하고 있었다. 그때 엄마와 빨래를 개며 방송을 힐끗힐끗 보던 아빠가 한 마디를 남겼다. "저 노래 뜨겠네. 김태우가 아주 시원시원하게 노래를 잘하네." 아빠가 그대를 인정했다. 속으로 어찌나 뿌듯하던지. 내가 좋아하는 것을 내가 좋아하는 사람이 인정해 주고 함께 해준다는 것이 나에겐 소중했다.

그런 아빠의 인정이 꽤 객관적인 평가였던 걸까. 정말 그 노래는 몇 주 연속 음악방송 여기저기서 1위를 했다. 덕분에 나는 그대를 방송에서 더 오래 볼 수 있어서 좋았다. 몇 주 후, 안방에서 나와 부엌으로 가던 아빠가 1위를 알리는 엠씨의 말에서 그대의 이름과 노래 제목을 듣고선 신난 듯이 말했다. "거봐, 내가 저거 뜰 거라고 했지? 역시 내가 듣는 귀가 있다니까." 그런 아빠가 조금 귀여웠다. 뭔가 인정받고, 칭찬받고 싶어 하는 어린아이 같아 보였다. 아빠는 그런 당신의 노력을 딸에게 인정받고, 칭찬받고 싶었던 걸까. "그러게. 아빠가 한 말이 맞네." 그제야 나는 비로소 가장의 변화에 응답했다.

회사에 치이며, 가장의 역할에 충실하게 살아오던 아버지의 시간 속에서 딸은 어느새 어린 티를 벗어내고 있었다. 자그마했던 딸이 어느새 이만큼이나 커버렸다는 것을 깨달은 가장은 딸이 더 커서 제 품을 떠나기 전에, 한 발짝이라도 가까워지고 싶었다. 그래서 쑥스러움을 무릅쓰고 용기 내서 다가오고 있었다. 한때는 날이 선 말로 나의 팬질을 비난했던 아빠가 나의 팬심을 인제야 이해해 주는 것 같았다. 아빠가 굳게 닫아둔 문을 조금씩 열기 시작했다. 그리고 사춘기 딸은 그제야 아빠의 문을 열고, 문턱을 넘어 아빠의 마음에 도달할 수 있었다.

Date. 2005년의 어느 날

공식 같은 비공식의 소속감

열다섯 살의 사춘기, 혼자보다는 둘이 좋고 둘보다는 넷이 좋은 시기였다. 친구들과 함께 있고 몰려다니는 것이 좋고 든든했는데, 내 주변에선 나와 함께 열정적으로 팬질을 불태울 현실의 동지가 없었다. 그래서 이 시점에 온라인 친구와 언니들과 한층 더 가까워졌고, 그때 팸과 파라는 모임을 알게 됐다. 한 언니가 팸에 속해서 공개방송을 함께 다니면 뻘쭘하거나 외롭지 않다는 것을 말해줬다. 차마 엄마에게 말을 꺼내지 못해 공식 팬클럽에는 들지 못했던 나에게 이 모임의 존재는 유레카였다.

지금의 아이돌 판에는 없는 것 같지만, 팸 또는 파라고 불리던 이 비공식 팬 모임이 나는 무척 마음에 들었다. 공식 팬클럽에 들지 못

한 허한 마음을 채워줬고, 내가 스스로 부담할 수 있는 수준의 가입비가 좋았다. 수많은 팬이 하나로 모인 팬클럽이 광역시라면, 팸과 파는 읍, 면, 동, 리 같은 동네 느낌이었다. 물론 개중에 규모가 있는 팸과 파도 있었는데, 그런 곳들은 시나 군 단위쯤으로 볼 수 있겠다. 큰 규모의 팸이 자랑하는 것은 대부분 방송에 팸이름의 플래카드가 잡히거나, 멤버들이 팸 이름을 기억해 주는 것이었다. 그들의 홍보 글에는 방송에 잡힌 기록, 멤버들에게 선물을 전달한 기록, 그리고 멤버들이 알아봐 준 기록이 담겨있었다.

팬클럽에 물품이 있듯이 팸(파)도 자신들을 상징하는 물건들이 있었다. 그래서 온갖 특색 있는 머리띠나 응원봉 또는 패션 아이템을 찾아선 '도용 금지'를 쾅쾅 박아 놓곤 했다. 이런 눈에 띄는 물건이 음악방송 카메라에 잡히거나, 행사에서 멤버들이 아는 체해주는 날이면 그 팸(파)의 기록에 한 줄이 추가되는 것이었다.

그대들이 나를 아는 것은 불가능한 일이니, 내가 속한 소속이라도 그대들이 기억해 줄 수 있다면 좋을 것 같았다. 여럿이 같이 하면 그대들의 기억에 한 글자, 한 장면이라도 남길 수 있다고 생각했다. 그리고 무엇보다 같은 마음인 사람들과 어울릴 수 있다는 것에 끌렸다. 그래서 팬클럽을 대신할 작은 소속을 찾게 됐다. 내가 낼 수 있는 가입비의 수준, 내가 할 수 있는 활동의 수준, 기존 사람들의 성향 등을 고려해서 까다롭게 골랐다.

그렇게 몇 달 갈팡질팡하던 그때, 알고 지내던 부산의 친구 하나가 본인이 팸을 만들었다고 했다. 알고 보니 기존에 알고 지내던 몇몇 친구들도 그곳에 자리 잡았더라. 너무 크지도 않고, 적당히 아는 사람이 있어 적응하기 좋을 것 같았다. 그래서 친구의 들어오라는 제안을 덥석 물어버렸다. 그렇게 내 첫 '팸' 생활이 시작됐다.

난 온라인 활동을 주력으로 하는 구성원이었기에, 주로 순회글을 게시하곤 했다. 순회글이 무엇인고 하면, 일종의 팸(파)의 홍보글이다. 같은 가수의 팸(파) 또는 다른 가수의 팸(파)의 카페에 순회글을 올리는 게시판이 있었는데, 그곳에 우리 팸의 홍보 글과 간단한 안부 인사 정도를 섞어 올리는 것이었다. 팸(파) 간에는 '자매'라고 불리던 연합도 있었다. 그래서 연합이 맺어진 곳에는 더 자주 순회글을 올리고, 순회글 안에 내용도 더 길고 풍부하게 쓰곤 했다.

팸의 이 온라인 활동에는 나름 교실의 주번처럼 당번이나 할당량이 있었다. 그래서 몇 개씩, 몇 군데씩 순회글을 올리며 나의 활동량을 채우곤 했다. 아직 신생 팸이었기에 더 커지고 알려지길 바라는 욕심에 밤중에 몰래 컴퓨터를 켜서 하다가 엄마에게 혼나기도 했다. 그동안 팬클럽에 들지 못한 것이 못내 서러웠던 나는 내가 가짜 팬 같다는 생각을 종종 했다. 그런 내게 소속감이 생기니 자발적으로 글을 한 개라도 더 올리고 싶은 열정이 샘솟았다. 소속감이 생긴 것이 이렇게 좋은 일인지 이때까지는 몰랐다.

어느 날, 나의 팸에서 경상권에 있는 사람들이 정기모임(정모)을 가지며 플래카드를 만들고 놀았다는 소식이 올라왔다. 그러자 서울과 수도권도 한번 모임을 하자는 이야기가 나왔고, 생전 처음 가는 동네에서 서울에 사는 동지들을 만났다. 메신저로는 그렇게 신나게 채팅과 메시지를 주고받았는데, 정작 실제로 만난다고 하니 침이 꼴깍 넘어갈 정도로 긴장됐다. 하지만 무슨 자신감에서였는지, 아니면 호기심에서였는지, 타고난 내향형 인간인 내가 기어코 그 자리를 나갔다.

팸 사람들을 만나러 가는 길에 '나의 실제 모습이 온라인과 다르다고 하면 어떡하지', '나 빼고 다들 친하면 어떡하나'를 걱정했다. 그런데 다행히 5~6명 정도의 작은 인원이어서 금세 친해졌다. 만나자마자 분식으로 배를 채운 사춘기 소녀들은 근처의 공원으로 갔다. 플래카드를 만들만한 공간을 찾아서 공원을 헤매다가 정자에 자리 잡았다. 그대들이 돌아오면 바로 들고 나갈 것이라며, 팸의 이름을 검정 도화지 위에 반듯하게 붙여 넣었다. 열다섯에서 열일곱 살의 소녀들은 뭐가 그리 좋은지 깔깔거리며 까만 종이를 형광색 글씨로 채웠다.

그대들이 6집 활동을 마치고 쉬던 시기에도 우리는 쉬지 않았다. 채팅창에서, 때로는 공원에서 그렇게 쉼 없이 서로를 만나고 찾았다. 어떻게 하면 우리 팸이 그대들에게 더 각인될 수 있을까, 다른 팬들에게 인지도를 쌓을 수 있을까를 함께 고민하며 회의도 했다. 지금 생각해 보면 하나의 회사를 꾸리는 것 같은 느낌이다. 각자가 맡은 역할이 있었고, 그대들에게 우리를 알리겠다는 그 하나의 목적을 위해 각자의 역할을 다했다. 비공식일지라도 그대들의 뒤에서, 아래에서 그대들을 위해 열심히 일하는 조직들이 있었다. 그 조직 속에서는 비공식의 fangod도 공식 같은 소속감을 느끼며, 하나 된 마음을 표현할 수 있었다.

우리가 모여서
함께할 수 있는 기적을
만들 수 있었다고 생각합니다
- 김태우 -

다섯 남자를 위해 뭉친 우리,
그대들을 위해서라면 기적을 만들어내고 말지

Date. 2005년의 어느 날

팬질이 밥은 못 먹여줘도

포토샵을 처음 접했던 때가 14살이었다. 컴퓨터도 학원에 다니며 배웠던 그때, 홈페이지를 만드는 HTML 소스 같은 것까지 배우고 학원을 그만 다녔다. 그리고 가장 유명했던 카페 중 하나인 '장미 가족의 포토샵'을 알게 됐다. 카페에 올라오는 것을 이것저것 따라 해보며 포토샵을 익혔다. 그래서 전문성이라고는 찾아볼 수 없는 작품이었다. 하지만 작업물을 만드는 것이 재밌었다.

동영상 꼬랑지라고 부르던 배너는 한 컷, 한 컷의 이미지를 오차 없이 잘라 붙여야 흔들림 없이 움직이는 이미지 형태를 갖출 수 있었다. 너무 바깥까지 잘라서도 안 되고, 너무 이미지 안쪽으로 잘라서도 안 됐다. 집중해서 섬세하게 각 컷을 잘라 붙이면 내가 좋아하는 영상이 살아 움직였다. 원래도 손으로 사부작거리는 걸 좋아하는 나에게 딱 맞는 취미였다. 그리고 축전이라 불리던 이미지 작업을 하는 것도 좋아했다. 화보 사진 같은 이미지에 짧은 문구를 넣거나 문구 없이 효과만 넣어서 그 분위기를 반전시키거나 더 돋보이게 꾸몄다. 나에게 포토샵은 다이어리 꾸미기의 온라인 버전과 같았다.

때로는 그대들의 사진으로 팬시류를 만들기도 했다. 팬시류는 교과서, 공책, 볼펜 등에 붙여 쓸 수 있는 종이 출력물이었다. 교과서와 공책에 붙이는 작은 직사각형의 종이에는 과목명과 소유자를 알리는 내용이 들어갔고 그 옆으로는 그대들의 사진을 넣었다. 과목마다 다른 사진을 넣어 만들면서, 어느 과목을 꺼내도 그대들과 함께하도록 했다.

볼펜에 길게 둘러 붙이는 팬띠에는 간질간질한 문구를 넣기도 했다. "이 펜은 지오디를 사랑하는 ___의 펜입니다" 내가 좋아하는 그대들의 사진을 찾아, 크기를 맞추고 약간의 보정이나 귀여운 그림을 그려 넣었다. 그대들의 사진을 조물조물 마우스로 만지면서 내가 원하는 것을 만들어낼 때면 흐뭇했다. 어떤 효과를 줘야 사진 속 그대가 더 멋있을까, 귀여울까를 고민하며 만들던 시간이었다. 교과서부터 시작해서 필통 속 펜까지 나의 학교생활 어디에서든지 그대들을 쉽게 찾을 수 있게, 출력한 종이가 삐뚤어지지 않게 곧게 잘라 테이프로 붙였다.

가끔 팬카페나 커뮤니티 카페에 내 작업물을 올리기도 했는데, 댓글이 많이 달리길 바랐다. 내가 예쁘게 만들었다고 생각한 것이 다른 사람들에게도 인정받길 원했다. [와! 너무 귀여워요ㅠ_ㅠ 써도 될까요?]라는 댓글이 달리면 신나서 얼른 써달라고 답변을 달곤 했다. 온라인에서 팬질을 하다 보니 다른 가수의 팬과도 친해졌다. 그때 친해진 일부 친구들이 축전, 동영상 꼬랑지 같은 이미지 작업물을 부탁하기도 했다. 그럴 때면 실력을 인정받은 것 같아 신나서 작업에 열을 올렸다. 포토샵을 배우면서 처음 디자인이란 걸 알게 됐고, 그때부터 디자인은 내가 더 잘하고 싶은 것이 됐다.

그러다 팸에 소속되어 본격적인 활동을 하던 때, 신생 팸이었던 우리 팸에서도 명함을 제작하자는 말이 나왔다. 회장인 친구가 작업을 추진했다. 이런 작업물을 좋아하던 나는 참여하고 싶은 마음은 굴뚝같았지만, 소심해서 먼저 자원하지 못했다. 그때 마침 친구가 나에게 작업에 대한 조언을 구해왔고, 메신저로만 설명하는 것이 힘들어 직접 포토샵을 해서 보여줬다. 그리고 그때부터 우리 팸의 첫 명함 디자인을 맡게 됐다. 회장인 친구는 문구를 맡고, 나는 그대들의 사진과 그에 맞는 색상, 폰트를 고르며 디자인에 열을 올렸다.

우리의 명함은 멤버별로 한 장씩 총 다섯 개의 디자인으로 구성했다. 우리 캡틴은 청록색, 둘째는 노란색, 셋째는 분홍색, 넷째는 보라색, 그리고 막내는 하늘색이었다. 앞면에는 멤버별로 사진에 맞는 문구를 말풍선 속에 아기자기한 글씨체로 적어넣었다. 그리고 뒷면에는 큼직하고 깔끔한 글씨체로 우리 팸 카페의 주소와 방문을 권하는 문장을 써넣었다.

그때 우리집은 밤 열 시가 넘으면 컴퓨터를 꺼야 했다. 하지만 나는 내가 만든 것이 실물로 나온다는 생각에 설레서 작업을 멈출 수 없었다. 그래서 열 시에 컴퓨터를 끄고 잠든 척을 했다가, 부모님이 안방에 들어가는 소리가 나면 다시 컴퓨터를 켜서 작업을 했다. 몇 번 엄마에게 들키곤 했는데, 괜히 부끄러워 후다닥 포토샵 창을 내리고 인터넷 창으로 바꿔놓기 바빴다. 얼른 자라는 엄마의 말에 대충 대답하고는 내가 원하던 만큼의 작업을 끝내고 늦게 잠드는 것이 일상이었다.

그렇게 첫 명함을 완성하고, 두 번째 명함은 단체 사진을 가지고 단순하게 만들기로 했다. 이전의 명함이 귀여웠으니 좀 더 깔끔하게 가보자는 취지였다. 그래서 검은색 배경을 쓰고 글자의 색과 크기를 다르게 하며 포인트를 가져갔다. 내가 좋아하는 그대들의 콘서트 사진을 넣고, 사진 속 그대들의 모습을 향한 콩깍지 쓴 문구도 사이사이 써넣었다. 뒷면 역시 글자로만 깔끔하게 구성했지만, 폰트나 색상을 통통 튀게 활용했다.

지난번에 이어 두 번째로 명함을 만들면서 진짜 디자이너가 된 기분이 들어 가슴이 벅찼다. 누군가가 나를 믿고 또 맡겨줬다는 것이 뿌듯했다. 내가 만든 것에 대한 팸 사람들의 감탄과 칭찬의 댓글을 볼 때면, 입꼬리는 원래의 위치를 까먹고 계속 눈꼬리를 향해 올라가곤 했다. 드디어 기다리던 실물의 명함을 받았을 때, 그 여섯 장의 명함을 한참을 바라봤다. 이게 진짜 내가 만든 것이라니, 믿기지 않았다. '혹시 모니터로 보던 것과 다르면 어떡하나', '이미지가 깨졌으면 어떡하나' 걱정했는데 모두 깨끗하게 내가 원하던 대로 잘 나왔다. '정말 내가 이쪽 분야에 소질이 있는 것은 아닐까?' 하는 귀여운 자만심도 들었다.

그때 그 시절 포토샵으로 명함을 만들던 열다섯 살은 설계 판넬에 들어갈 콜라주 이미지를 만드는 조경학과 대학생으로 성장했다. 포토샵으로는 판넬을 만들고, 파워포인트로는 발표 자료를 만들면서 각종 설계 수업을 들었다. 그리고 그 대학생은 파워포인트가 주력 프로그램인 컨설턴트가 되어 월급을 받고 있다. 명함에서 사진과 본문의 배치를 고민하며 깔끔함을 추구하던 중학생은 이제 그래프를 만들고 도식화하는 것이 일상이 되어, 장표 하나는 깔끔하게 찍어내는 회사원이 된 것이다. 그 회사원은 나아가 태블릿으로 이것저것 끄적이는 취미를 갖게 되어 첫 조카의 탄생을 기념하는 캐릭터를 그리더니, 방수 스티커를 만들어 바치기에 이르렀다.

그대들을 쫓다가 발견한 나의 흥미와 적성은 열다섯에 싹을 틔워, 서른셋인 지금까지도 무럭무럭 자라고 있다. 내 삶에서 그대들을 좋아하며 얻은 것이 참 많다. 그때 얻은 꾸미고 만드는 이 재주가 그중 하나다. 그때 알게 된 나의 재능을 살려 지금까지 꾸준히 해오자, 이젠 꽤 봐줄 만한 수준이 됐다. 그때 그대들의 사진을 가지고 조물락거리지 않았다면, 지금의 내 장표도 캐릭터도 없었을 것이다.

그래서 팬질하는 자녀를 둔 부모님이 들으면 싫어할 말을 한다.

"연예인 쫓는 팬질이 밥을 먹여주지는 않겠지만요, 어쩌면 먹고 살 재주 정도는 찾아줄지도 모릅니다. 여기 24년 팬질의 결과물을 본다면 말이에요."

Date. 2005년의 어느 날

어느 그림자의 하루

겁 많은 쫄보가 내 가수들 보겠다고 서울행을 몇 번 해보더니, 팬질에 자신감이 붙었다. 거기다 이제 공식 팬클럽은 아니어도 팸에 들어가 소속감과 함께할 동지들 생겼다. 콘서트, 공개방송, 보이는 라디오, 출근길 또는 퇴근길. 그대들의 스케줄은 모두 서울이 중심이었기에, 낯선 서울을 혼자 다니는 것은 무섭게 느껴지곤 했다. 그런데 이제 그 모든 장애물이 해결된 것이다. 서울도 어려운 곳이 아니란 걸 알았고, 혼자 느낄 외로움이나 두려움을 해소해 줄 사람들이 생겼다. 그래서 팬질에 열을 올릴 수 있었다.

하지만 공개방송은 내가 접근하기 힘든 스케줄이었다. 일단 자리가 공식 팬클럽으로 먼저 채워지는 편이었다. 난 공식 팬클럽에는 들지 않아 방법의 가지 수가 하나 더 적었다. 아니면 각 음악방송 사이트에 홈페이지에 신청 글을 쓰거나 전화로 신청해서 얻어냈던 걸로 기억하는데, 그 수량이 팬들의 수요에는 어림도 없을 정도로 적었다. 그나마 사전녹화는 해당 가수의 팬 위주로 입장을 하곤 해서 가능성이 높았지만, 이것도 선착순이라서 새벽 5시부터 줄을 서야 했다.

호락호락하지 않은 공개방송의 난이도는 어쩐지 나의 팬심을 자극했다. 하기 어려운 것이라고 하니 더 해보고 싶은 도전 욕구가 생겼다. 팬질의 정석 같은 경험이라는 생각에 팬으로서 한 번은 해봐야 할 것 같은 이상한 의무감도 들었다. 그래서 언젠가 기회가 되면 꼭 한 번은 뛰어볼 스케줄로 그 기회를 노리고 있었다. 그러던 7집 활동의 절정기, 팸에서 오프라인 활동을 자주 하는 유진 언니가 소식을 전해왔다. 이번 주 일요일 인기가요 사전녹화에 입장 인원이 꽤 많은 편이라는 것이었다. 그 언니와 슬기는 가기로 마음을 먹어서 그 외에 더 같이 갈 사람이 없는지 조사하고 있었다. 공개방송은 5시부터 줄을 선다고 알고 있어서, 안양에 사는 내가 첫 차로 가도 도착하기 힘든 시간이라 아쉬움을 표했다.

그랬더니 번호표를 입장 전까지 2~3번 뿌리는데 그중 한 번이라도 받을 수 있는 시간에 도착한다면 가능할 수도 있을 거라는 이야기를 전해왔다. 그래서 둘은 먼저 일찍 택시로 도착해서 번호표를 받고 있을 테니, 첫 차로 가능한 한 빨리 와보지 않겠냐는 것이었다. 사전녹화니까 첫 차로 오면 입장할 수 있는 번호를 받을 수 있을지도 모른다는 이야기에 내 귀는 사정없이 팔랑거렸다. 그리고 그날 저녁, 엄마와 아빠에게 "나 일요일 첫차로 나갈 수도 있어."라고 통보해 버렸다.

엄마와 아빠는 "진짜 갈 거야?", "그렇게까지 봐야 해?"라는 반응이었다. 거기에 나는 단호하게 대답했다. "내가 매일 갔던 것도 아니고, 이번에 처음 가겠다는 거잖아." 그리고 엄마, 아빠가 좋아하는 돈도 끼워 넣었다. "이건 콘서트처럼 돈이 드는 것도 아닌데, 왜 가면 안 돼?" 꽤 당돌하게 대응해 오는 딸에 결국 엄마와 아빠는 어디 진짜 가나 보자는 마음으로 더 이상 이야기를 꺼내지 않았다.

그리고 토요일 밤, 야무지게 새벽 알람을 맞추고선 9시부터 잠에 들었다. 혹여 엄마와 아빠를 깨울까 봐 안 쓰던 거실 화장실을 왔다 갔다 하며 준비했다. 하지만 결국 부산스러운 내 움직임임은 엄마와 아빠의 주말 단잠을 4시부터 깨웠다. 엄마와 아빠는 일요일 새벽부터 연예인 보러 간다고 부스럭거리는 딸을 보며 물었다. "그렇게 좋니? 언제 올 거야?" 부모의 걱정은 아는지 모르는지, 나는 가벼운 대답과 인사를 남기고선 룰루랄라 집을 나섰다. "출발할 때 연락할게. 나, 간다! 안녕~"

빨리 번호표를 받으러 가고 싶은 마음에 긴장 반, 설렘 반으로 잠

못 이루는 새벽 지하철 여행을 시작했다. 어리바리한 나를 배려해서 지하철역 입구에서 만나준 유진 언니와 슬기 덕분에 번호표까지 무사히 받았다. 이제 근처에서 시간을 보내며 입장 시간에 늦지 않게 줄을 서는 것만 남았다. 공원 정자에서 같이 플래카드 만들고 수다 떤 지 꽤 오래전이라, 만나서 어색하면 어쩌나 하는 걱정을 머금은 상태였다.

그런데 활달한 둘 덕분에 내 친화력도 같이 살아나서 이른 새벽의 대기 시간을 다시 수다로 보냈다. 그때 공원에서 함께 만들었던 우리 팸의 플래카드를 나는 들어보지 못할 줄 알았었는데, 이번 공개방송을 뛰면서 드디어 나도 들어보게 됐다. 나보다 먼저 대기 번호를 받았던 둘이 조금 더 큰 플래카드를 챙기고, 따로 혼자 입장하는 나는 작은 플래카드를 챙겼다.

매주 주말, 텔레비전으로만 보던 방송을 직접 본다는 것이 신기했다. 방송 관계자들이 대기하는 팬들에게 안내를 내리기도 하고, 녹화 사이에 팬들에게 인사를 건네는 그대들의 모습을 보았다. 종종 팬카페에서 읽던 공개방송 후기의 글을 직접 경험하게 되다니! 공개방송까지 쫓아오고 나니, 나도 제법 열성적인 팬이 된 것 같다. 그동안 방송으로 무대를 볼 때, 항상 저 무대 아래에서 플래카드와 풍선 또는 야광봉을 흔드는 모습이 표준의 '팬'이 아닐까라고 생각해 왔던 나였다. 그런데 오늘은 나도 그중에 한 명이 됐다는 뿌듯함에 절로 어깨가 으쓱해지고, 입꼬리가 올라갔다. 비록 뒷번호여서 가까이서 그대들을 볼 수는 없었다. 그렇지만 그대들의 무대를 직접 보며, 한 공간에서 응원할 수 있다는 것이 내가 팬으로 해야 할 도리를 다하는 기분을 만들어줬다.

그렇게 어마어마한 대기시간에 비해 짧디짧은 사전녹화의 시간이 끝났다. 배보다 배꼽이 큰 느낌에 끝나고 나니 좀 허무하기도 했다. 새벽부터 안양에서 달려온 것 치고는 그대들을 가까이서 본 것도 아니고, 오래 본 것도 아니어서 뭔가 아쉬움이 남았다. 아쉬움에 발걸음을 쉽사리 떼지 못하던 우리 셋의 귀에 꽂히는 이야기가 있었다. 이 뒤에 공개방송 스케줄이 하나 더 있다는 것이다. 셋 중 아쉬움과 미련이 더 컸던 나와 유진 언니는 그 두 번째 공개방송 스케줄까지 가기로 마음먹었다. 그렇게 슬기와 아침과 점심 사이의 애매한 분식을 함께 먹으며 공개방송 후기를 나누고, 나와 언니는 지하철을 타고선 다시 줄을 서러 떠났다.

이번엔 '열린음악회'처럼 아나운서가 사회를 보고, 여러 가수가 출연하는 방송이었다. 점심 먹고 출발해서 오후에 도착했는데, 실제 녹화의 시작은 저녁 시간이었다. 하루 종일 밖에서 있다 보니 슬슬 배도 고프고, 날씨도 쌀쌀해졌다. 앞뒤의 fangod와 함께 이런저런 수다를 떨고, 갖고 있는 간식을 나눠 먹으며 다시 길고 긴 대기시간을 기다렸다.

당시 중학생이던 나와 언니의 앞뒤에 있던 분들은 대학생이었는데, 언니와 나를 귀여워해 줘서 편하게 이야기하며 놀았던 기억이 있다. 그때 대학생 언니 중 한 명이 옷을 얇게 입고 와서 양손으로 팔을 끌어안고 비비며 추위를 달래고 있었다. 그걸 보다가 나는 후드집업에 점퍼까지 입고 있어서 "후드집업 벗어드릴까요? 엄청 추워 보이세요."라고 말을 건네자, 귀엽다는 듯이 "아니에요, 괜찮아요. 아유, 너무 착하다."라고 칭찬했다.

칭찬에 머쓱하게 웃으며, "움직이면 덜 추워요!"라며 대학생 언니들과 같이 제자리 뛰기를 하고 깔깔거리며 긴 대기시간을 함께했다. 항상 언니가 있길 바랐던 중학생에게는 낯선 언니들에게 귀여움을 받을 수 있던 그 대기 시간이 마냥 춥고 지루한 시간이 아니었다. 집에서는 장녀라서 느껴본 적 없는 막내로서의 귀여움을 독차지해서 즐거웠던 시간이었다.

새벽부터 하루 종일 그대들을 쫓아다니기에 바빴던 그림자의 하루였다. 그림자처럼 그대들의 뒤에서, 아래에서 그대들이 노래하는 모습을 응원했다. 이동하는 시간에 비해 그대들을 바라볼 수 있는 시간은 짧디짧았지만, 그 시간이라도 그대들을 눈에 담고 싶었다. 짧은 시간일지라도 그대들과 함께 보내고 싶었다. 어쩐지 7집은 그랬다. 그대들이 우리의 마지막을, 이별을 고하는 것 같은 느낌을 받았다. 그래서 나는 지금 내가 있는 힘을 다해 그대들을 향해 노를 저어야 한다고 생각했다. 그래야 내가 다시 예전처럼 후회하며 시간을 보내지 않을 것 같았다. 볼 수 있었음에도 보러 가지 않앓음을, 할 수 있었음에 하지 않았음을 후회하고 싶지 않았다. 짧은 시간일지라도, 무대 위의 그대들에게 힘을 줄 수 있는 하나의 그림자가 되고 싶었다.

무대 위에서 매번 여러분들에게 약속했죠?
저희 영원할 겁니다
- 김태우 -

그대들이 서는 곳이 어디든,
영원한 그림자가 되어
그대들을 찬란하게 빛나게 할게

Date. 2005년의 어느 날

나 그대에게 모두 드리리

   'god is back' 콘서트를 두 번, 드림 콘서트를 한 번, 총 세 번의 콘서트를 다녀오니 나도 모르게 어깨가 으쓱해졌다. 그대들을 단 한 번만이라도 봤으면 좋겠다며 생각한 팬질이었는데, 이제는 콘서트 소식이 들려오면 '당연히 가야지'가 기본값이 돼버렸다. 7집과 함께 들려오는 'god the LAST Beginning' 콘서트 소식에 예매 일시를 챙기곤 그날만을 기다렸다.

   하지만 우리 집의 느려터진 거북이 인터넷은 오류 창과 함께 나가떨어졌고, 결국 나는 이삭 줍는 사람들이 되어 취소 표를 주워야 하는 운명에 처했다. 학교 끝나고 집에 돌아오면 제일 먼저 컴퓨터를 켜서 예매 창을 열고, 쉴 새 없이 새로고침을 누르며 기도했다.

"제발, 누가 앞번호로 가고 한 자리라도 취소하게 해 주세요. 뒷번호라도 좋으니 제발 갈 수 있게만 해주세요." 그런 간절한 기도가 통했는지 며칠을 취소 표를 기다리던 내게 취소표가 주어졌다. 그날로 바로 용돈을 들고 은행으로 달려가 무통장입금을 시켰다.

아마 그때 내 번호는 800번대로 이전에 갔던 'god is back' 때보다도 번호가 더 뒤였다. 예매할 때는 '제발, 한 자리만 주세요.'라는 간절한 마음이었는데, 표를 받고 나니 '아, 지난번보다 더 멀리서 보겠네.'라는 아쉬운 마음이 드는 것이었다. "인간의 욕심은 끝이 없고…"라는 유명한 말이 있지 않나. 그래서 나는 잔머리를 굴리기 시작했다. 그때, 팬카페의 거래 게시판에는 종종 주말과 평일을 교환하길 원하는 글이 올라오고 있었다. 나의 800번은 주말 공연이었고, 나는 학생이니까 학교 끝나자마자 옷 갈아입고 가면 평일 공연도 볼 수 있을 것 같았다. 물론 막차 시간이 걸리긴 했지만, 여차하면 앵콜 때 나오면 되지 않을까 싶었다. 그래서 예매 사이트를 죽치고 있던 생활이 끝내고, 나는 다시 팬카페의 거래 게시판에 죽치고 있게 됐다.

거래 게시판에 새로운 글이 없으면, 공연 후기를 읽곤 했다. 첫 주의 공연 후기를 읽으니 공연 요일마다 한 멤버가 주제라는 것을 알게 됐다. 그리고 나의 최애 캡틴의 날은 공연의 시작인 목요일이었다. 이로써 평일 공연을 봐야겠다는 의지가 확고해졌다. 가능하면 나의 최애 날을 보는 것이 최고이고, 이왕 가는 거 번호도 조금이라도 당기게 되면 땡큐였다. 그렇게 의지를 불태우며 컴퓨터 앞에 죽치고 앉아있길 며칠째, 목요일 공연과 주말 공연 교환을 원하는 사람이 나타났다. 심지어 번호대도 무관하다고 했는데, 그분의 번호 대는 내 번호보다 한참 앞이었다. 내가 애타게 기다리던 기회가 이것이라고 생각했다. 그래서 당장 문자로 연락했고, 거래를 성사했다.

그때 함께하는 우리 팸 사람들에게 이 소식을 전하자, 번호가 좋다며 자리만 잘 잡으면 선물이나 플래카드도 전해줄 수 있을 것 같다고 했다. 그런 것까지 가능할 번호라고는 생각한 적이 없었는데, 주변의 말에 나의 귀는 팔랑거렸고 나의 걸음은 달랑달랑 문방구를 향해 가고 있었다. 그날부터 집에서 플래카드를 만들기 시작했다. 하나는 우리 팸 이름, 하나는 나의 닉네임이자 플래카드 문구였던 "댄디쭌". 닉네임과 플래카드 문구로 도용금지 게시판에 글은 올려뒀지만, 직접 이런 걸 전해줄 수 있을 거라곤 생각해 본 적도 없었다. 그대에게 나를 알릴 수 있는 기회가 있다는 가능성을 가진 것만으로도 신났고 설렜다.

자동차를 좋아하는 그대였기에, 내가 좋아하는 미니카 모형인 핫휠을 사고 빈 곳에 간식을 넣은 선물을 구상했다. 그런 내 생각에 일부 친구들은 장난감 선물하면 다 보육원이나 복지시설로 기부한다며, 차라리 다 먹을 거로 하는 게 낫다며 만류했다. 하지만 나는 내 생각을 꿋꿋이 이어갔다. 혹 보육원이나 다른 곳으로 기부가 되더라도, 그대의 이름으로 되는 거니까. 난 그렇게 그대의 기부에 함께한 것으로 생각하면 됐다.

그래서 마트 장난감 판매대에 있는 핫휠 미니카 중에 가장 화려하고 멋져 보이는 것들을 집어 들었다. 그리고 포장 용품 판매대에서 빨간 상자에 끈이 달린 상자형 쇼핑백도 같이 샀다. 그리고 마지막으로 상자의 빈 곳을 채울 비타민 같은 작은 간식을 사 들고 집으로 왔다. 상자에 간식과 미니카를 최대한 꽉 채워 넣고, 플래카드를 요리조리 대보며 포장을 끝냈다. 그리고 혹시라도 가족들에게 들킬세라 내 방 벽장 가장 깊숙한 곳에 넣고선 콘서트를 갈 날만 손꼽아 기다렸다.

요일별로 그대들의 주제가 있다는 것과 6집 앨범에 수록된 그대들의 솔로곡도 이번 공연에서 한다는 것을 알았다. 그대가 내 최애가 된 후, 6집에서 '절대 안 돼'의 랩 가사를 따라 하려 얼마나 열심히 외웠던가. 스탠딩 앞쪽에 포진하곤 했던 특정 멤버의 개인 팬들에 혹여 그대가 마음 상할까, 더 열심히 외워서 따라 불러줘야 한다고 생각했다. 그대의 날인 만큼, 그대가 가장 돋보이길 바랐다. 매주 네 번 진행하는 공연 중 그날이 그대에게 가장 만족스러운 공연이 되길 바랐다. 그래서 나의 최애, 우리 캡틴의 기를 살려주려 시험공부하듯이 잘하지도 못하는 랩을 외우고 또 외웠다.

2023년, 지금의 공연장에서는 일어나지 않는 일이지만 당시에는 스탠딩은 입장할 때 공연장 무대가 보이면 뛸 준비를 하고 공연장에 들어서자마자 뛰어서 앞자리를 선점해야 했다. 그렇게 남들과 같이 뛰니 돌출무대 쪽 펜스 앞에 자리 잡을 수 있었다. 가지고 온 선물을 펜스 바깥에 잘 놓아두고, 앞으로 남은 시간 동안 무조건 이 자리를 사수해야 한다는 사명감에 빠졌다. 그래야 이 선물을 전해줄 수 있으니까 말이다. 펜스 앞인 만큼 공연이 시작되자, 뒤에서 밀어 오는 인파로 힘들었다. 시작 직후에 관객의 흥분이 최고조라서 밀려드는 파도가 가장 세지만, 시작 직후 몇 곡만 견디면 됐다. 펜스를 잡고 허리와 등에 힘을 잔뜩 주고선 버텼다. 난 오늘 랩도 따라 해야 했고, 선물 줄 타이밍도 잡아야 하는 바쁜 몸이었기 때문에 밀려오는 팬들의 파도를 버티고 버텼다.

기다리고 기다리던 그대의 솔로곡 '절대 안 돼' 무대가 시작됐다. 집에서는 안 외워지고 못 따라가던 랩이었는데, 공연장의 효과인 걸까 아니면 살짝 긴장한 것이 도움이 된 걸까. 아니면 입에 붙도록 열심히 공부해 온 것이 빛을 발한 걸까. 그대의 솔로곡 가사 중에 90%는 따라 한 것 같아 뿌듯했다. 그대에게 보이진 않았을지라도, 들리진 않았을지라도, 다른 멤버의 개인 팬들 사이에서 꿋꿋이 나는 그대의 날을 지키려 애썼다. 나만의 방식이었지만, 그대를 위한 마음을 그렇게나마 표현하며 나의 첫 번째 임무를 성공적으로 끝냈다.

그리고 가장 큰 임무가 남아있었다. 스탠딩에서 음악에 맞춰, 그대들에 맞춰 뛰다가도 힐끗힐끗 내 발밑을 보았다. 내 선물상자가 잘 있는지, 내가 사람에 떠밀려 선물상자와 멀어지지는 않았는지 내 위치를 쉴 새 없이 점검했다. 그리고 누군가 선물을 주기 시작하는지 파악해야 했다. 그때부터는 여기저기서 선물이 내밀어지는 타이밍이니까, 남들 하는 것에 맞춰서 하는 것이 좋을 것 같았다. 그래서 틈틈이 주변도 열심히 살폈다. 마지막으로 가장 중요한 것은 그대가 내가 있는 곳으로 가까이 오는 타이밍까지 맞아야 했다. 마지막 임무는 신경을 곤두세우고 임해야 했다.

그러던 그때, 이 세 박자가 모두 맞는 타이밍이 찾아왔다. 나는 이때를 놓칠세라 "오빠! 여기요, 이거요 오빠!"를 연신 외쳤다. 못 줄까 봐 조급해하는 내 마음이 목소리에 표가 났는지, 그대는 입 모양으로 "알았어, 알았어"라고 말하고선 잠시 후 내 손에 들린 빨간 상자를 가져갔다. 그 별것 아닌 소통에 감격했다. 내 것도 놓치지 말고 가져가 달라고 한 바람이 그대에게 닿았고, 그대가 나의 선물상자까지 잘 가지고 간 것이 뿌듯했다. 마지막 임무까지 완벽하게 끝내고 나니 그제야 마음이 편해졌다. 그대에게 잠깐의 찰나에 나를 알렸다는 뿌듯함과 기쁨에 취해 막차를 잊고 앵콜까지 모두 즐겨버린 나였다.

2023년, 넷째의 생일파티 이후 브이로그를 보며 40대에게 인형 같은 장난감 선물이 정말 아니라는 것을 느꼈다. 내가 본 브이로그 속 넷째의 나이가 내가 처음 그대에게 선물을 전했던 당시 그대의 나이와 비슷할 것 같았다. 그래서 사실 글을 쓰는 지금 생각하면 좀 부끄럽다. 열다섯 살, 모은 용돈으로 간신히 콘서트 가는 꼬맹이가 선물을 사러 간 곳은 고작 마트였으니까. 거기다 선물한 것은 비타민, 초콜릿, 그리고 미니카가 전부였으니까. 나야 30대가 되어서도 캐릭터와 장난감을 좋아하는 사람이라지만, 그렇지 않은 사람이 더 많을 테니까 말이다. 그래서 어린 시절 내 나름의 순수한 마음을 담았던 그 선물이 흑역사처럼 느껴졌다.

그런데 2024년 그대가 예능 프로그램에서 한 이야기를 했다. MBC방송국 가는 길을 하늘색 풍선으로 수놓던 시절, 어느 추운 날 한 어린 팬이 추위에 덜덜 떠는 손으로 "오빠, 이거요"라며 편지와 사탕을 건네었다고 했다. 그런데 사탕이 얼마나 꼭 쥐고 있던 건지, 이미 다 녹아있었다고. 하지만 그 녹은 사탕과 편지는 그때 그 아이가 할 수 있는 전부를 나한테 준 것이라고, 그래서 소중하다고 그대는 말했다.

그 이야기를 듣고 생각했다. 2005년, 내가 그대에게 처음 건네었던 그 유치찬란한 선물도 그대는 그렇게 따뜻한 마음으로 받았을지도 모른다고, 어쩌면 내가 생각한 것처럼 끔찍한 흑역사는 아닐지도 모른다고 말이다. 이렇게 생각하니 열다섯 그때의 마음을 더 이상 부끄러움으로 기억하지 않을 수 있을 것 같다. 그때의 나는 그저 그대에게 모두 주고 싶었다, 터질 것 같은 이내 마음을. 그대에게 내 마음이 닿을 수 있다는 것만으로도 설레던 그 순수한 마음을.

god로 함께하는 이 시간,
오늘이 마지막인 것처럼 후회 없이 살아가고
기억하며 살아갈 거예요
- 박준형 -

fangod로 함께하는 이 시간,
오늘이 그대들에게 처음 빠졌던 그 순간인 것처럼
후회 없이 사랑하고, 추억하며 살아갈 거예요

Date. 2005년의 어느 날

엄마의 미운오리새끼

- 나의 사춘기에게 -

그동안 늘 양가의 어른이나 부모님의 지인에게 나는 '착하고 얌전한 큰딸'로 소개되곤 했다. 다른 사람들은 맏이가 사춘기도 얌전하게 지나간다며 부모님을 부러워하곤 했다. 하지만 내 사춘기는 콘서트를 다니기 시작한 이후에 찾아왔다. 내 사춘기에서 가장 크게 엄마와 다툰 것은 외출 금지 때문이었다. 처분의 시기는 내가 열다섯 살, 그대들의 7집 활동 중 'the LAST Beginning' 콘서트 때였다. 외출 금지를 당한 이유는 부모님께 친구와 같이 콘서트에 간다고 거짓말을 한 것이 들켜서였다. 실상은 혼자서 안양에서 올림픽공원까지 갔었고, 앵콜을 포기하지 못한 나는 끝까지 보고 나왔더랬다.

그런데 하필 갈아타는 역에서 4호선 이놈이 생전 처음 본 산본행으로 나타났다. 역에서 기다리다가 전광판으로 산본행을 먼저 봤다면, 주변에 물어보기라도 했을 텐데. 이 야박한 놈은 내가 갈아탈 곳에 도착하자마자 문을 열고 기다리고 있었다. 산본을 들어보긴 했지만, 이게 우리 집 역보다 멀리 있는 것이 맞는지 확신이 없어 갈팡질팡했다. 결국 그사이 열차는 가버렸고, 남은 것은 사당행 뿐인데 역무원 아저씨는 외쳤다. "4호선 하행 막차입니다!" 떠나간 저 열차가 막차였다니… 남은 건 사당행뿐이라니…그 순간 내 머릿속에는 세 글자밖에 떠오르지 않았다. '망했다.' 결국 사당행을 탔고, 4호선 타고나면 전화 달라던 엄마에게 전화를 걸었다.

"여보세요. 딸, 4호선 탔어?"

"응, 엄마. 나 4호선 타긴 탔는데 사당행이야. 이게 막차라는데 어떡해?"

"현주는 같이 있어?"

"아니, 현주는 앵콜 다 안 듣고 먼저 갔어. 그래서 지금은 혼잔데…"

"너는 왜 그때 안 나왔어?"

"아니……비싸게 주고 왔는데 다 못 보면 아깝잖아. 이슬이슬하게 막차는 탈 것 같아서 먼저 가라 그랬어."

이어지는 질문에 거짓말로 그럴싸하게 대답했다 생각했는데, 돌아온 건 엄마의 단호하고 차가운 대답이었다.

"너 일단 사당역에서 내려. 엄마랑 아빠 지금 출발하니까. 그리고 집에 와서 다시 얘기해."

사당까지 가는 지하철에서 아직 덜 큰 머리를 빠르게 굴려 빠져 나갈 전략을 짰다. 아까 한 거짓말을 최대한 구체화했고, 최악의 경우의 수도 짰다. 하지만 나는 엄마 배에서 나온 새끼고, 15년간 보인 모습이 너무도 많았다. 엄마는 귀신같이 내 거짓말을 눈치챈 상태였고, 초강수를 뒀다. "현주 전화번호 적어."

여기서 멈칫하거나, 거부하면 내 거짓말이 정말 안 먹힐 것 같았다. 되려 당당하게 또는 뻔뻔하게 나가면 내 거짓말이 통하지 않을까 싶었다. 엄마도 나한테 수를 두는 것이 아닐까? 나는 내 당당한 연기에 엄마가 실제로는 전화하지 않을 것이라는 가능성을 믿었다. 그리고 현주는 날 위해 거짓말을 해줄 것이라는 우정에 내 운명을 걸었다. 하지만 모두 나를 피해 갔다. 엄마는 날 간 보려 수를 둔 것이 아니라 진심이었다. 미리 언질을 줬지만, 현주는 엄마의 전화에 겁을 먹어 사실을 고했다. 결국 엄마에게 끝까지 거짓말했다는 괘씸죄가 추가되어 나에게 앞으로 지오디는 없다며 외출 금지 처분이 내려졌다.

정직을 최우선으로 하는 엄마였기에 나의 거짓말은 중죄였다. 그렇게 얌전히 처분을 잘 따르며, 집-학교-학원-집을 반복했다. 그러던 중 '하늘 속으로' 뮤직비디오 촬영이 열리고, 팬과 함께한다는 공지가 떴다. 당시 내가 속해있던 팸에서도 서울과 수도권에 사는 사람을 중심으로 참석자를 조사하기 시작했다. 하늘도 무심하시지! 왜 하필 이럴 때 이렇게 중요한 것이 온단 말인가! 그대들과 마지막 인사를 하는 시간이 될지도 모르는데, 그 시간을 함께할 수 없다니. '엄마가 허락해 줄까?'하는 안절부절못하는 마음과 '확! 그냥 저질러 버려?'라는 반항심이 공존했다. 다시 엄마의 신뢰를 잃고 싶진 않았기에 쭈뼛쭈뼛 "가면 안 돼?" 물었지만, 돌아오는 시선과 대답은 냉랭했다. "안 돼."

그날 이후로 엄마와 서로 말을 하지 않았다. 서럽고 원망스러웠다. 내 잘못에서 시작된 일이었음에도 나는 억울했다. 억울하고 서러운 시간이 흘러 뮤비 촬영 날이 됐다. 그곳에 도착한 친구들의 문자에 화가 밀려왔다. 나도 저기 있었어야 했는데. 침대에 드러누워 화를 누그러뜨리려 했다. 하지만 나는 화가 나면 눈시울이 가장 먼저 뜨거워지는 사람이었다. 이미 나의 화는 끓어올라 눈을 덮었다. 때마침 목감기도 날 간지럽혔고, 내가 아픈 것으로 나도 엄마에게 벌을 주겠다 마음먹었다. 삐뚤어진 마음으로 참하기만 하던 장녀는 미운 오리 새끼가 되기로 결심했다.

그날 내 방 창문을 활짝 열어두고 누워 찬 바람을 있는 대로 쐬었다. 그러자 원하던 대로 열이 올랐고, 머리가 띵해 침대 밖으로 움직이기가 싫었다. 퇴근하고 들어온 엄마에게 동생은 "누나 이상해"라고 보고했고, 그런 나를 보고 엄마는 폭 한숨을 내쉬며 창문을 닫았다. 묵언 수행에 이어 호되게 열감기로 투쟁하는 미운 오리 새끼를 보며 엄마는 침대맡에서 말했다. "이번 일이 너에게도 교훈을 얻는 시간이 됐으면 좋겠다." 당시에는 귓등으로도 안 들었다.

자식이 아무리 미운 오리 새끼여도 내치지 못하고 품어낸다는 보장이 있던 시기였다. 그래서 나는 있는 대로 내 감정을 터뜨리기에 바빴다. 교훈을 얻기보다는 내가 원하는 것을 얻는 것이 더 중요했고, 엄마 마음에 생길 상처보다는 당장 내 마음이 더 중요했다. 그렇게 엄마의 미운 오리 새끼는 엄마를 미워하며 엄마의 마음에 상처를 냈다.

그때 엄마가 침대맡에서 나지막이 말했던 바람은 이루어졌다. 그날의 일은 나에게 하나의 가치관이 됐다. 인간관계를 비롯한 모든 것은 정직이 기반이 되어야 한다는 관념을 가진 어른으로 자랐으니 말이다. 거짓말이 가져다줄 수 있는 득보다 실이 더 클 수 있다는 것을 알았고, 거짓말로 쌓아 올린 가짜 진실은 쉽게 무너지는 것이 진리라는 것을 깨달았다. 미운 오리 새끼에게도 떡 하나 더 준다는 마음으로 전달한 엄마의 진심이 이렇게 뿌리내린 것을 보면, 그 시절 그 꼬맹이 이 정도면 잘 큰 것 아닐까.

누구나 한 번쯤 겪는 사춘기였다. 내 사춘기는 그대들과의 시간이 얼마나 남았을지 모른다는 조바심, 이번 작별이 영원한 이별이 될지도 모른다는 두려움, 그래서 한 번이라도 더 눈에 담고 싶은 욕심과 함께했다. 어린 마음과 감정을 키워내던 열다섯의 나에게 그대들은 내 사춘기의 시작이자 끝, 전부였다. 그대들과 함께하던 사춘기 속에서 나는 성장하고 있었다.

그대들과 함께한 내 인생의 흔적이
기억 속에 켜켜이 자리잡은 지금,
차곡차곡 쌓아올린
그 모든 시간과 순간이 소중해

Date. 2005년의 어느 날

사랑은 (   )다

  엄마가 나의 팬질 중 가장 마음에 안 들어 한 것은 라디오를 틀어
놓거나, 음악을 틀어놓고 공부를 하는 것이었다. 엄마의 눈에는 딴
짓이요, 집중력이라곤 찾아볼 수 없는 그림이었기에 쉼 없는 잔소
리에 시달리곤 했다. 그럼에도 나는 꿋꿋이 가사를 외우겠다고 카
세트의 CD 칸에는 항상 그대들의 앨범을 넣어놨다. 저녁 먹고 학
원 또는 학교 숙제를 하거나 시험공부해야 할 때면, 9시 50분부터
는 CD에서 라디오로 바꿔 주파수를 맞추고 10시가 오기를 기다렸
다.

  엄마가 음악과 라디오 중 더 이해하지 못한 것은 라디오였다. 음
악과 라디오는 둘 다 눈으로 읽는 글자보다 귀로 들리는 음성언어

에 집중을 분산시키는 녀석들이었다. 엄마는 그런 날 보며 이해할 수 없다는 듯이 말했다.

"그게 집중이 되니? 공부하려면 공부하고, 놀려면 차라리 놀아."

"가뜩이나 나 잠이 많아서 늦게까지 공부하는 거 힘들어하잖아. 이거라도 들으면 졸지는 않는단 말이야."

그럼, 엄마는 곧 자포자기한 듯 고개를 절레절레 저으며 돌아갔다.

나에게 라디오란 엄마가 차에서 지루하지 않게 틀어놓는 거였지, 시간 맞춰 챙겨 듣는 것이 아니었다. 데니의 키스 더 라디오, 그 라디오가 날 바꿨다. 매일 밤 열 시, 그대가 하는 이야기에 귀 기울였다. 그대가 멘트를 할 때면, 그것에 집중했다. 그러다 중간중간 음악이나 광고가 나올 때면, 그제야 문제를 풀었다. 엄마의 말이 틀린 말은 아니었다. 그렇지만 어쨌든 두 시간 동안 몇 문제라도 더 풀게 되지 않았는가. 그래도 열 시면 스르륵 내려오던 눈꺼풀이 쨍쨍하지 않나. 깨어있는 연습을 하면, 시험 기간에도 도움이 될 거라며 나 자신을 합리화했다. 항상 스케줄표에 적혀있던 그대의 라디오를 통해, 매일을 그대와 함께하는 기분을 느낄 수 있었다.

그런 그대의 라디오에 틈날 때마다 사연과 신청곡을 쓰기도 했다. 사연이 읽히면 선물을 주곤 했는데, 나에겐 그대가 내 글을 읽어주는 것이 선물이었다. 그래서 매일 달라지는 코너의 게시판보다 사연과 신청곡 게시판을 더 자주 찾았다. 그러던 중 그대들이 모두 함께하는 코너가 생겼다. 그대들이 7집 '2♡' 활동을 하던 때여서였는지 사랑과 관련된 사연을 받는 코너였다.

그대들이 다 같이 하는 코너가 생긴다고 하여 코너 게시판도 노려봐야겠다 싶었다. 하지만 코너에서 듣는 사연들은 누가 들어도 어른들의 사랑 이야기였다. 중학교 2학년에겐 "사랑해"보다 "좋아해"가 더 익숙했다. 그 코너의 사연에 그대들이 하는 공감과 조언을 들을 때면, 내가 어리게만 느껴졌다. 경험도 없었고 무르익은 감정도 없기에 그 게시판은 감히 내가 쓸 수 없는 어른들의 게시판 같았다.

어느 날, 코너의 주제가 "사랑은 (   )다."라고 정의하는 날이었다. 이거는 나도 해 볼 수 있지 않을까 싶었다. 각종 드라마와 영화 그리고 인터넷 소설까지, 간접적인 경험으로 뭐든 짜낼 수 있을 것 같았다. 그래서 혼자 하교하는 길, 학원을 오가는 길이면 머릿속에서 쉴 새 없이 단어를 넣으며 문장을 뽑기에 바빴다.

처음은 '사랑은 도박이다.'에서 시작했다. 도박처럼 한 번 빠지면, 헤어 나오기가 힘든 중독이라고 생각했다. 그리고 상대가 날 좋아할 수도, 그렇지 않을 수도의 반반 확률에 마음을 내던지는 것이 닮았다. 아, 그렇지만 도박은 너무 흔한 표현이 아닌가. 누군가 분명 도박을 올릴 것 같았다. 좀 더 참신한 표현이 필요했다. 나만의 단어로 눈을 사로잡을 표현을 갈구했다.

그렇게 학원 수업을 마치고 집으로 돌아가는 길, 버스 정류장과 정류장에 멈춘 버스가 보였다. 그리고 버스가 떠날세라 열심히 뛰는 사람들을 보며 '이거다.' 싶었다. 버스가 왔을 때, 준비했다가 때 맞춰 타야 하는 것처럼 사랑도 마찬가지라고 생각했다. 상대의 마음이 나와 같은 그 타이밍에 내가 준비되어 있지 않으면 이뤄지지 않는 것이 사랑 아닌가. 상대가 떠나는 버스처럼 멀어져 갈 때쯤이면, 아무리 잡으려 뛰어도 그 거리는 무심하게도 좁혀지지 않는다. 그저 헐떡거리며 힘겹게 호흡을 정리하며 멀어지는 버스를 지켜봐야 하는 것이다.

버스를 보다 보니, 택시도 눈에 들어왔다. 아무리 손을 흔들어도 이미 승객이 탄 택시는 스쳐 지나간다. 택시 기사의 눈에 내 손짓이 들어도 택시는 쌩하니 지나간다. 그처럼 사랑도 상대방의 눈에 내가 들어야, 탈 수 있는 택시가 된다. 그리고 이미 짝이 있는 사람은 내가 아무리 열심히 손짓해도 나를 스쳐 지나간다. 택시도 사랑의 정의가 될 수 있을 것 같았다.

자, 나름 애절한 감성을 담은 세 가지의 정의를 썼다. 그렇게 숙제 내듯이 게시판에 글을 올렸다. 대망의 그날도 89.1에 주파수를 맞추고 지지직거리는 잡음을 없애려 안테나를 요리조리 돌리며 듣고 있었다. 중학생이 쓴 글은 유치하고 어린 티가 나서 어림도 없을 거라고 스스로 체념한 채, 그대들의 이야기에 집중했다.

그런데 갑자기 익숙한 이름과 단어가 들리는 것이다. 사랑을 정의하는 빈 공간의 단어가 내가 쓴 것과 일치했다. 두근두근, 진짜 내가 쓴 글일까? 아냐, 동명이인의 글일 수도 있어. 미친 듯이 방망이질하는 심장을 가라앉히려 애써 '내가 아니야.'라고 되뇌었다. 그리고 이어지는 문장에 입을 틀어막았다. 내 글이었다. 저 단어, 저 비유, 저건 내가 쓴 것이 맞았다. 소리치고 싶은 마음이 굴뚝같았다. 의자에 앉아 발만 앞뒤로 동동, 얼굴을 감싸 쥐고선 책상에 그대로 파묻었다가 들었다가 믿을 수 없음을 온몸으로 표현했다.

세상에! 그대들이 내 글을 읽었다. 유치하고 오글거린다고 생각한 내 글이 그대의 방송에서 인정받았다는 사실이 뿌듯했다. 입꼬리와 어깨는 하늘을 향해 쭉쭉 올라갔다. 그대들이 선정하는 것이 아닌, 작가들이 뽑은 것일지라도 상관없었다. 그대의 방송이었고, 그대들이 함께하는 코너였다. 그것만으로 충분했다. 쉬어가며 노래가 나오는 동안, 나는 달밤에 방 안에서 혼자 발뒤꿈치를 든 채 방방 뛰었다. 올해 더 이상 어떤 선물도 안 받아도 좋을 만큼, 최고의 선물을 받아 신났다. 뭐든 겸손하게 내 자신을 낮추던 내가, 그 한순간만큼은 나에 대한 자부심과 자신감으로 어깨가 으쓱했다.

다음날까지 그 흥분은 가라앉지 않았다. 등굣길에는 학교 정문에 이를 때까지, 현주에게 사연이 소개된 것을 자랑했다. 집에 오자마자 내 미니홈피의 온갖 곳에 내 글과 방송일을 적어뒀다. 소개 글, 다이어리, 모든 곳에 말이다. 인터넷 소설처럼 낯간지러운 표현이었지만, 자랑하고 싶었다. 나는 하루 종일 싱글벙글 웃으며 폴짝폴짝 뛰어다녔다.

그리고 그때의 모든 기록은 십 년이 훌쩍 넘은 지금 다시 찾아볼 수가 없다. 싸이월드 미니홈피는 반짝 다시 등장하려다 사라졌고, 방송국의 홈페이지는 그때의 기록까지는 공유해주지 않는다. 그래서 그대들의 목소리로 읽혔고, 그대들이 공감의 표현을 보내왔던 그 글이 지금 도박과 버스, 택시 중 무엇인지 확인할 길이 없다. 참 신기하게도 결과는 또렷이 기억나지 않으면서, 그대들의 눈에 띄어 보겠다는 과정의 기억은 선명하다.

글을 쓰기 시작한 요즘, 다시 그대들이 뭐라고 반응했었는지 듣고 싶고, 그때 그 시절의 뿌듯함을 다시 느끼고 싶다. 하지만 흘러간 시간 속에 그 기억들은 흐려졌고 어딘가에 묻혔다. 그날의 감정에 취해 기록과 저장은 미처 생각하지 못했던 어린 내가 원망스럽다. 하지만 선물 같았던 그 시간이 나도 몰랐던 내 역량을 깨워줬다. 이젠 나는 글 쓰는 걸 좋아하기만 하는 것이 아니라, 라디오에 사연으로 뽑힌 사람이 됐으니까!

그렇게 자신감을 쌓은 아이는 커서 라디오 공연 신청 게시판을 휩쓸고 다니며, 연말의 문화생활을 초대권으로 즐기는 스물넷으로 자랐다. 그대의 라디오가 없었으면, 알지 못했을 라디오의 세계와 글쓰기의 성취감이었다. 그리고 삼십 대가 된 지금 여전히 글을 쓰는 것을 애정하며 일상과 생각을 담아내고 있다. 그대가 라디오로 세상을 배웠다고 했듯이, 나는 그대를 통해 라디오라는 세계를 배웠다.

내가 누군가의 인생에 변화를 줄 수 있다면
난 그거, 그걸로 난 만족해
- 박준형 -

그대들이 좋아서,
그대들을 위해서 했던 것들이
어느샌가 내가 좋아하는 것,
나를 위한 것이 됐다

나 하나를 감당하기가 힘들었던, 20대

다시 찾아온 사춘기처럼, 방황하던 그 시기

내가 끝까지 놓지 않은 것,

그건 바로 그대들의 노래였어

아무리 힘들어도

그대들의 노래만큼은 놓지 않았어

CD 2

간절히 원하는 그 꿈을 찾는
20대 청년을 지나

Date. 2010년에서 2011년 사이의 어느 날

안경이 풀리는 이유

　　수능이 끝나 대학교에 입학하기 전까지 수험생의 고생에 보답하기라도 하는 듯, 약 세 달간의 자유 시간이 주어진다. 이 자유 시간은 성인이 되기 전 변화를 꾀하는 시간이기도 하다. 대부분은 정석처럼, 운전학원에 등록하여 처음 운전대를 잡는다. 그리고 누군가는 쌍꺼풀 수술, 코 수술을 예약하고 부기를 빼는 시간으로 보내기도 한다. 그렇게 칩거의 시간을 보내곤, 고등학교 졸업식에 짠!하고 나타나곤 했다. 요즘은 쌍꺼풀 정도는 더 어린 나이에도 한다지만, 내가 고등학교를 졸업하던 때에는 성형은 학생 딱지를 졸업하는 선물이 되기도 했다.

　　갓 성인, 대학교 신입생으로서의 일 년을 마치고 스무 살의 겨울

방학을 맞이했다. 주변 친구들은 종강과 동시에 안경과 렌즈를 벗어던지는 라식, 라섹 수술에 들어갔다. 다시 겨울방학은 변화를 만드는 시기가 됐다. 한창 멋 부리고 꾸밀 나이의 스무 살은 안경과 렌즈로부터의 자유를 얻기 위해 다시 변화의 시간을 가졌다.

그렇게 스물하나, 스물둘이 되니, 주변에서 안경은 점점 찾아보기 힘들어졌다. 안경이 없는 생활에 대한 찬양과 눈 위의 이물감이 없어진 이야기를 수없이 들었다. "너도 렌즈 낄 때가 더 예쁜데, 왜 라섹 안 해?"라는 칭찬 섞인 질문을 종종 들었다. 그럼 나는 부끄러운 듯 머쓱하게 웃으며 대답했다. "필요할 때만 렌즈 끼면 돼지, 뭐"

나라고 그 편한 세상과 한 단계 더 예쁜 모습을 가질 수 있는 라식, 라섹 수술을 생각해 보지 않은 것은 아니었다. 안경을 쓰기 시작하며, 가장 받고 싶은 수술이 시력 교정술이었으니 말이다. 하지만 나는 중학교 때 일찍이 라식, 라섹 수술에 대한 글을 접하고선 이미 겁에 질려, '난 못 받겠다.' 결론지었다. 다시 그때의 구절을 생각하면 눈앞에 수술 장면이 그려지는 것 같다. 그럼 난 '으으' 소리가 절로 나오고, 양팔에 돋은 소름을 떨치려 손으로 팔을 문지르게 된다. 그 글이 바로 「god의 하늘색 일기」에서 읽었던 그대의 라섹 후기였다.

중학교 때, 용돈을 모아 한창 그대들과 관련된 물건을 사 모으던 시기 1순위로 샀던 것이 「god의 하늘색 일기」였다. 20대의 그대들이 쓴 글은 방송이 아닌 곳에서 그대들의 모습을 보는 것 같아 재미있었다. 아마 지금까지 기억하는 그 라섹 수술 에피소드의 주인공은 셋째였던 것으로 기억한다. 그대는 이런 공포심을 심어주려고 쓰지 않았을 거다. 수술이라기엔 퍽이나 짧은 시간과 수술 이후의 신기한 점을 이야기한 것이었다.

하지만 겁많은 독자인 나는 눈만 마취해서 흐릿하게 내 눈앞에 수술 과정이 보인다는 것에 꽂혀버렸다. 세상에, 저는 제 수술 과정을 조금도 느끼고 싶지 않을 것 같은데요. 수술이란 것은 마취하면 잠에 들고, 잠에서 깨어나면 수술이 끝나있는 것 아니었던가. 수술 부위만 마취하는 부분마취의 존재를 몰랐던 중학생의 눈은 동공 지진으로 흔들렸고, 충격에 입이 절로 벌어졌다.

눈앞에 무언가 작업이 되고 있다는 것이 보이고 느껴진다는 것 말고도, 시력 교정술을 더 무섭게 느낀 점이 있다. "빨간 점만 보세요"라는 말이다. 그대의 일기에는 다르게 쓰여있었던 것 같은데, 저렇게 한 점만 쳐다보라고 말하고 그걸 지켜야만 내 눈이 안전하게 수술을 마친다는 것이 내겐 공포였다. 혹시 내가 힐끗 다른 곳을 보기라도 하면? 그럼 내 시력이 잘못될 수도 있는 것 아닌가. 아무리 짧은 시간이라도 내가 그걸 못 지켰을 때의 위험이 떠올랐다.

의사와 간호사는 전문가여서 다 이런 경우에 대비되어 있겠지만, 그것과는 별개였다. 내가 날 못 믿겠기에 생긴 두려움이었다. 내가 그렇게 하나를 오래 쳐다본 적이 있던가를 떠올리며 경험의 존재 여부를 따져봤다. 있기야 있겠지만, 마취까지 한 눈이 내 말을 제대로 들어주겠느냐는 또 다른 의심이 꼬리에 꼬리를 물었다. 겁쟁이가 겁이 많아지는 이유는 이렇게 의심에 의심이 꼬리를 물기 때문이다. 만약에 만약이 꼬리를 물면서 겁은 걷잡을 수 없이 커진다.

하지만 수술을 단념한 이유가 오로지 그대의 글 때문만은 아니다. 중학교에 입학하며 늘어난 각종 알레르기성 질병이 안구건조증을 함께 가져왔기 때문이다. 환절기면 코에선 콧물이 줄줄 흐르고, 간지러움에 시달리는 눈을 비벼대기 바빴다. 이 알레르기성 질병들은 확신의 외향형이었던 것인지 끝내 안구건조증이란 친구를 더 데려왔다. 간지러운 눈이 건조함까지 갖추니 간지러움은 배로 느껴졌다. 환절기의 토요일이면 대기 줄이 긴 이비인후과에 먼저 들러 진료를 받고, 이어서 한 층 올라가 안과에서도 처방전을 받는 것이 일상이었다.

주변의 수많은 경험담과 수술 후기를 들으면, 안구건조증이 시력 교정술의 가장 흔한 후유증으로 남는다고 했다. 그래서 '역시 나는 못 받을 수술이다.' 생각하며 단념했다. 나이가 들며 사춘기 때만큼 알레르기성 결막염이나 안구건조증이 심하게 오진 않았지만, 그래도 아예 없는 것은 아니었다. 안구건조증을 겪지 않았던 사

람에게도 찾아오는 후유증이라면, 이미 겪었던 나에겐 더 크게 올
수도 있지 않겠느냐는 건강염려증이 단념에 확신을 줬다. 그래서
서른이가 된 나는 여전히 총 네 개의 눈으로 살고 있다. 가끔 멀끔
한 인상을 줘야 하거나, 멋을 내고 싶을 때면 하드렌즈를 찾아 낀
다. 그래, 필요할 때만 렌즈 끼면 돼지. 누군가는 비웃을지도 모른
다. "고작 어릴 때 읽은 연예인의 경험담 하나에 혼자 지레 겁먹고
편리를 포기했다니!"라고 말이다.

　하지만 타고나길 겁이 많고, 하나에 꽂히면 깊고 깊게 파고드는
성격인 것을 어쩌겠나. 그대들의 작은 일상 이야기도 가볍게 넘기
지 못하는 것을, 그 작은 이야기 하나도 마음이 분홍빛으로 물들어
가며 읽은 것을. 그대들에 관한 것이라면 작은 것도 놓치지 않고 다
기억하고 싶은 욕심이 겁이 많은 성격을 만나 만들어낸 결과물인
것을. 오랜 시간을 그대들을 마음에 품고 살아오니, 나도 모르는 새
이토록 내 삶에 그대들이 녹아져 있다. 이렇게 또, 그대들은 내 삶
의 한 귀퉁이에서 번져간다.

우리 인연의 끝은 없어요
우리 인연은 계속 이어나갈 거고,
우리 계속 같이 가요
- 안데니 -

그대들은 내 일상을 적셨고,
내 삶이라는 책에
지워지지 않는 흔적이 됐어

Date. 2010년의 어느 날, 그리고 2023년의 어느 날

헤르미온느, 그 타임터너 이리 내

온갖 '처음'으로 가득 차던 스무 살이었다. 첫 수강 신청, 첫 술자리, 첫 엠티, 그리고 첫 연애. 싱그러운 초록빛 잎들이 학교의 풍경을 채우던 5월, 내 마음속에는 4월의 흩날리는 벚꽃잎이 다시 찾아오고 있었다. 나의 벚꽃은 끔찍하게 싫었던 교양 필수 과목인 토론 수업에서 그 꽃봉오리를 피워냈다.

강의실 앞에 마주 보게 놓인 책상에 앉아, 남들 앞에서 떨리는 목소리로 토론해야 하는 그 시간이 싫었다. 그래도 두 번만 참자는 생각으로 첫 토론을 하던 날, 토론 중 강의실 한쪽에서 웃음이 터졌다. 난 염소가 된 내 목소리에 누군가 폭소한 것인 줄 알았고, 부끄러움은 쉴 새 없이 쌓여 갔다. 그런데 그 이후, 고개를 갸우뚱하게

만드는 일이 연이어 찾아왔다. 어느 날은 뜬금없이 과자가 쥐어졌고, 마지막 토론은 상대가 맥없이 무너져서 긴장하며 준비한 것에 비해 쉽게 넘어갔다.

학교 가득 주점이 펼쳐지던 5월 축제의 마지막 날이었다. 전날처럼 주점 준비를 하러 모인 곳에서 동기와 선배들은 날 보고 장난스레 실눈을 뜨고선 바람을 불어넣었다. "어제 누가 너 보러 왔었어!" 살랑살랑 싱그러운 바람이 콧잔등을 간질였다. 그 후 동기 언니를 통해 소개의 자리가 마련됐고, 호기심이 숫기 없는 내 성격을 이기며 나는 그 어색한 자리를 나갔더랬다. 그게 스무 살, 내 첫 연애의 시작이었다.

마음속에는 벚꽃이 만개했다. 우리는 대학교 캠퍼스, 영화관, 미술관, 축구장 이곳저곳을 함께하며 서로를 알아갔고, 마음을 키워갔다. 첫 소개팅으로 어색하게 만난 것 치고는 공통점이 많았다. 둘 다 강아지를 키우고 있었고, 프라모델과 레고를 조립하는 것을 좋아했다. 그래서 좋아하는 것을 함께 하기 위해 종종 남자 친구의 집으로 놀러 가곤 했다. 부모님이 출근하신 집에서 남자 친구네 강아지 체리와 함께 놀고, 남자 친구가 해 준 볶음밥을 먹으며 보냈다. 집에서 데이트하는 것은 편한 것이 매력이 있었다. 그러던 어느 날, 남자 친구도 내 방을 구경하고 싶다고 했다. 매일 밤 저와 통화하는 내 방이 어떤 곳인지 보고 싶어 했다. 그래서 나의 공강 날, 집이 비는 시간에 처음으로 남자 친구를 방에 초대할 계획을 세웠다.

남자 친구를 초대하려고 보니, 내 방 침대를 둘러싼 그대들이 보였다. 침대 뒷면에는 6집 브로마이드가 붙어있었고, 침대 측면에는 옛날 잡지에서 뜯어낸 교복을 입은 그대들의 포스터가 주르륵 붙어있었다. 아무리 편한 남자 친구지만, 이런 방의 모습은 좀 아닌 것 같았다. 그래, 이제 나도 성인인데 좀 어른스러워져 보자는 생각이 들었다. 그래서 6년을 내 방에서 함께한 그대들의 사진을 뜯어냈다.

이어서 남자 친구가 보고 싶다던 내 어릴 적 사진들을 미리 확인하고 있었다. 그러다 한쪽에 꽂힌 그대들의 물품을 보관하던 파일과 옛날 화보집을 발견했다. 잠시 고민했다. 이제 스무 살인데, 어른인데, 앨범만 모으면 되지 이렇게 유치한 것까지 다 모아야 할까 싶었다. 자고로 성인이면 팬질은 숨겨야 하는 것 같았고, 지금보다 고상하게 해야 한다고 생각했다. 그래서 뜯어낸 포스터, 브로마이드와 함께 물품을 정리했다.

그때 버린 것에는 내가 갔던 콘서트 티켓부터 소장용으로 모아둔 그대들이 표지인 새 공책들이 있었다. 그리고 그대들의 5집 활동을 알지 못했던 속상한 마음을 달래기 위해 용돈을 모아 사뒀던 하늘색 일기와 굿북 화보집까지. 앨범을 제외하고선 어차피 열어보지 않으니 정리하자는 마음으로 베란다로 가지고 나갔다.

거기, 헤르미온느. 그 타임터너[1] 좀 이리 내. 내가 돌아가야 할 시간이 있어. 저 2010년 10월의 나로 돌아가야겠거든. 자신의 덕질력과 수집력을 얕잡아 본 채, 첫 연애의 설렘에 젖어 멍청한 실수를 당당하게 저지른 저 스무 살을 말려야 한다고! 2023년, 지금의 나는 타임터너를 백 번을 돌려서라도 2010년으로 돌아가고 싶다. 소중히 모아 왔던 내 보물을 내 손으로 폐지 상자에 담았던 과거의 나를 매우 잡아 오고 싶다.

첫사랑에 홀려 진짜 첫사랑을 저버린 중죄를 저지른 저 어린 스무 살을 떠올리면, 깊은 한숨을 내쉬며 과거의 나에게 말한다. "인간아, 20년을 데리고 살았으면서 너 자신을 그렇게 모르겠니. 저 책꽂이와 서랍장 가득히 줄을 선 미니언을 봐. 저 해피밀 미니언즈를 데려오겠다고, 냉장고를 맥너겟으로 가득 채웠었잖아! 어른스러운 덕질이란 없다고. 어른스러운 팬질과 덕질이 도대체 뭐라고 생각한 거니."

그뿐인가, 그대들의 8집 앨범도 스트리밍으로 들으면 된다며 구매를 미뤘던 스물세 살의 나도 있었다. 책상 옆에 자리 잡고 있던 나의 카세트플레이어는 버려진 지 오래였다. 음악은 핸드폰이나 컴퓨터로 듣던 때에, CD는 사도 들을 수가 없다고 생각했다. 저기, 헤르미온느. 2010년까지 가는 것이 무리라면, 2014년이라도 가면 안 될까?

---

1 해리포터 시리즈에 나오는 마법 물품으로, 시간을 거꾸로 돌리는 시계.

2023년, 이제 와서 다시 사려는 그대들의 8집은 몇 배로 뛰어버렸다. '바람'이 함께 수록된 Thanks edition은 아예 0이 하나 더 붙어버렸다. 한껏 높은 그대들의 앨범 중고 가격을 보며 이것이 여전히 그대들의 위치를 말하는 것이란 생각에 잠시 위안을 얻기도 한다. 내 가수들 여전히 인기가 좋구나, 귀하디귀한 가수구나. 그러다가도 곧 이 가격이 지난날 나의 실수와 선택에 대한 비용이라고 생각하니 씁쓸하기에 그지없다.

그때 내다 버린 나의 굿북과 하늘색일기는 더 이상 구할 수 없는 귀한 몸이 돼버렸다. 이젠 각종 중고 시장에서도 찾아볼 수가 없다. 그만큼 시간이 흘렀으니 나처럼 버린 누군가도 있을 테고, 누군가는 더 귀하게 모시고 있을 터였다. 귀하디귀한 내 진짜 첫사랑을 내다 버린 죄, 그 죄로 높디높은 중고가를 벌금으로 내는 요즘이다. 타임터너를 돌릴 수만 있다면, 2010년 그날로 돌아가 내 손이 닿지 않을 벽장 저 깊은 곳에 내 소중한 보물들을 숨겨둘 텐데 말이다. 그래서 말인데, 헤르미온느 어떻게 좀 안될까?

어리석은 팬심 벌과금 납부 안내문

1. 벌과금은 반성하는 마음으로 결제하시기 바랍니다.

2. 벌과금은 아래 중고거래처 중 편리한 방법을
   선택하여 결제하시기 바랍니다.
   가. YES24 중고샵
   나. 알라딘 중고샵
   다. 중고나라
   라. 당근, 번개장터
   마. 네이버 스토어

3. 상품의 최초 발견 시 결제하지 않을 경우,
   보다 높은 가격의 벌과금을 결제해야 할 수 있습니다.

4. 출시 시기가 오래된 상품일 경우,
   벌과금 측정이 불가합니다.

Date. 2012년의 어느 날, 그리고 2023년의 어느 날

마주하기까지, 11년

배우 활동을 활발히 하던 한 아이돌이 그룹을 탈퇴하고 배우 활동에 전념한다는 기사를 봤다. 온라인 커뮤니티에서 어떤 팬들은 이전부터 그룹 활동에 불참했던 것을 시작으로, 그 멤버에 대한 원망과 분노를 표현하고 있었다. 그 기사와 팬들의 반응을 보면서 그대가 떠오르더라. 어느샌가 그대가 배우와 가수, 두 가지 활동을 함께 이어가는 것을 나도 모르게 당연하게 생각하고 있었다. 그래서 하나의 길만이 아닌, 두 개의 길을 함께 걸어주는 그대에게 다시 고마워졌다. 그리고 다시 생각하게 되더라. 그대가 다시 돌아온 것이, 다시 헤어지지 않을 거라고 약속해 준 것이 얼마나 큰 의미였는지를.

그대의 탈퇴 소식과 그대가 배우로서의 길을 택했다는 이야기는 내 마음 한구석에 겨울바람을 가져왔다. 꽉 차 있던 공간에 한 조각의 빈 공간이 생기니까, 매서운 겨울바람의 소리가 더 크게 울렸다. 위잉-. 빈 공간을 다시 인지시켜 주듯이, 마음에 불어닥친 겨울바람은 그 공백을 시리게도 울려댔다.

하지만 그 겨울바람에도 그대를 향한 마음의 촛불을 꺼트리지 않고 지켜왔다. 그대가 선택한 길이 어떤 길이든, 그대가 원하는 길을 잘 걸어가길 바라는 마음뿐이었다. 단순히 그대의 꿈을 찾아 새로운 길을 걷는 거로 생각했다. 우리에게 공개된 이야기의 선에서 그대들이 나쁘게 헤어지는 것은 아니었기에, 그저 묵묵히 그대의 꿈을 응원하는 촛불을 조심스레 감싸 쥐었다.

간혹 팬카페에서 그대를 향한 팬들의 원망과 화로 그대의 마음이 아플까를 걱정하는 글을 볼 때가 있었다. 사랑이었던 팬의 마음이 원망과 분노로 돌아설 만큼, 그대가 안 좋게 나갔던 것인가라는 의문이 들었다. 어쩌면 내가 이와 같은 소식과 이야기를 휴덕기를 가진 뒤, 늦게 접해서 감정적인 충격이 덜했던 것일지도 모르겠다. 나는 그저 뭐든 그대가 원하는 것이 잘 됐으면 좋겠다는 마음으로 그대의 연기를 지켜볼 뿐이었다.

'윤계상의 원테이블'. 그대가 배우 활동을 하며 요리 프로그램을 시작했다. 케이블 방송이라 챙겨보기가 쉽지 않았지만, 종종 재방송으로 하고 있을 때면 채널을 멈춰 그대의 요리를 보곤 했다. 그러던 어느 날엔가 예고편에 그대들이 함께 등장했다. 예고편에서 탈퇴 이후 그대의 속마음을 말한다고 했다. 예고편일 뿐인데도 덜컥 겁이 났다. 그대의 속마음이 얼마나 솔직하게 방송에 나올지 모르는 일이었다. 그대들 다섯 명을 무대에서 함께 보길 원했던 나의 간절한 소원이 이뤄질 수 없다는 것을 상기시킬까 봐 두려웠다. 오랜 시간 바라왔던 나의 소원을 더 이상 마음에 품을 수 조차 없다는 말을 듣게 될까 무서웠다. 그렇게 바라고 바라던 다섯 명이 함께 모인 그림을 봤는데도, 설렘보다는 먹먹함이 앞섰다.

그래서 나는 2012년, 그대의 마지막 방송을 결국 보지 못했다. 채널을 돌리다가 그대들 다섯이 함께 테이블에 모인 그 방송을 마주치기라도 하면 빠르게 다른 채널로 돌렸다. 혹시 내가 가슴 아플 이야기일까 봐, 그래서 내가 감정적으로 감당하기 힘들까 봐 두려웠다. 그래서 나라는 겁쟁이는 그대들이 무슨 이야기를 하게 될지 모를 그 방송을 회피했다. 팬카페에서 팬들의 글이 보여도 최선을 다해 피했다. 제목만 보고 얼른 스크롤을 올렸고, 다른 게시판을 구경했다.

그리고 그 방송을 11년이 지난 지금에서야 마주했다. 이제야 마음 놓고 그 방송을 볼 수 있겠더라. 지금은 그대들 다섯이 함께하고 있으니까, 다시 헤어질 일이 없다는 것을 아니까. 그래서 나는 당신이 풀어내는 옛이야기와 당신의 감정을 2023년이 되어서야 봤다. 참 오래 걸렸다.

방송 중에 그대가 "다 싫어했으니까, 나를"이라고 표현하는 그 말이 어찌나 안쓰럽던지. 가장 뜨거운 사랑을 주던 사람들이 가장 차갑게 식어 버리는 것, 그 얼마나 날카롭고 차가운 일인가. 11년이 지나 다 지난 이야기인 걸 알면서도 나는 그대의 그 한마디에 가슴이 아팠다. 한때 당신을 비추던 빛이었던 어떤 팬들에게는 비난 받기도 하며, 그렇게 홀로 묵묵히 본인의 길을 만들어 걸어갔다고 생각하니 울컥하더라. 내 사람, 정말 멋지고 단단한 사람이구나. 당신이 택한 새로운 길을 안정 궤도로 올리기까지 그 마음이 얼마나 복잡했을까. 그런 소란스러운 마음과 사랑하는 사람들에게 말하지 못하는 괴로움을 오랜 시간 견뎌 왔구나.

그렇게 50분가량 그대들이 이야기를 나누는 것을 보며, 이제야 불안정한 사회 초년생의 터널을 벗어난 서른이는 생각했다. 여전히 나는 어려운 상황 앞에서 도망과 회피를 먼저 떠올리는 사람이지만, 내가 사랑하는 당신이 그래왔던 것처럼 나도 단단한 어른으로 살고 싶다. 그대는 그런 사람이다. 아직도 물컹한 애 같은 어른의 마음을 견고한 어른의 마음이 될 수 있게 빚어내는 사람이다. 그리고 이제는 그대의 기억에서 4만 명이 모두 그대에게 등을 돌렸다는 생각과 기억이 완벽하게 사라졌길 바란다. 지난 8년 동안에도, 그리고 지금도, 여전히 내 주변에는 그대를 위하는 마음들만이 가득하다.

그대가 다른 동생들에게 말했다. "형 그런 사람 아니야." 그런 그대에게 말해주고 싶다. "우리, 그런 사람 아니야. 그대가 정상에 발도장을 찍지 않았더라도, 어디를 걷다 왔더라도 우리는 한결같은 마음으로 그대를 맞이했을 거야."

god는 누구보다도 형제, 가족이에요
가족은 헤어질 수가 없어요
- 손호영 -

Date. 2014년의 어느 날

다시 하늘속으로

간절히 바라면 이뤄진다는 말을 그동안 믿지 않았다. 간절히 수의사를 꿈꾸며 공부했지만, 언제나 나의 성적은 근사치에도 도달하지 못했다. 중요한 시점이라는 6월 모의 평가에 수리 영역은 30점대까지 떨어졌고, 과학탐구 영역은 좋아하는 마음과는 반대로 점수가 늘 지지부진했다. 고등학교 3학년, 현실적으로 움직여야 할 때도 나는 수의대라는 꿈을 놓지 않았다. 엄마의 "다른 전공도 생각해 보자."라는 말에도 아랑곳하지 않고 7년간 간절히 바라온 꿈이었다. 하지만 2009년 11월 12일 그 하루로 오랜 꿈을 정리해야 했다. 그때 현실을 깨우쳤다. 간절히 바란다고 모두 가질 수 없다는 것을. '간절히 바라면 이뤄진다.'라는 말은 그저 영화 속 한 줄의 대사 같은 말뿐이라고.

그렇게 스무 살이 된 나는 성적으로 꿈이 정해지는 냉혹한 현실 앞에 냉소적인 태도를 키웠다. 마음 같은 것보다는 숫자와 능력이 더 중요하다는 현실에 적응해 가고 있었다. 그러던 내게 하늘이 세상을 다시 바라보게 했다. 수의사라는 꿈보다 더 오랜 시간 마음에 품어온 그 소원을 현실로 만들어주며, 간절히 바라면 이루어지는 세상이라는 것을 다시 알려줬다.

2014년의 어느 날, 화장대와 안방의 화장실을 왔다 갔다 하며 한창 나갈 준비를 하고 있었다. 평소처럼 화장대 앞에 앉아 스킨, 로션, 선크림을 바르고 있었다. 얼굴에 한 가지를 바르고 흡수되길 기다리는 일 분여의 짧은 시간도 톡을 보내거나 뉴스를 골라보며 허투루 보내지 않았다. 그러던 중 연예 기사에 그대들이 떴다.《god, 12년 만에 재결합》잠시 멍해졌다. 어? 내가 뭘 본거지? 잘못 봤나? 그 사이에 다음 탭의 기사들을 보여주고 있던 화면을 다시 왼쪽으로 밀었다. 그리고 내가 본 기사 제목을 눌렀다. 내가 본 것이 맞았다. 그대들이 돌아왔다. 넷이 아닌 다섯으로. 다시는 못 보는 줄 알았던 모습이, 내 소원으로만 남게 될 줄 알았던 그 모습이, 현실이 되어 돌아왔다.

선크림만 발랐길 다행이었다. 아직 쿠션을 찍어 바르기 전이었고, 눈화장하기 전이었다. 아니었다면 나는 다시 처음부터 준비를 다시 해야 했을지도 모른다. 기사를 천천히 내리읽는 동안 눈에는 눈물이 차올랐다. 성인이 되어 다 큰 어른인 척하며 지내온 시간이었지만, 그대들을 잊은 적이 없었다. 그리고 내가 간절히 바라온 그 소원도 잊은 적이 없었다.

그대들이 각자의 이름을 단 앨범을 낼 때면, 각자의 이름으로 드라마나 영화에 나올 때면, 응원하는 마음 한편에서 간절함이 여전히 불을 밝혔다. '다시 다섯이 무대 위를 신나게 뛰어다니고 함께 노래하는 모습을 보고 싶어.' 그런데 그 모습이 내 상상을 벗어나 현실로 나온다고 한다. 울컥 올라오는 감정에 눈물을 급하게 티슈로 찍어내며 나갈 준비를 마쳤다.

지하철에 올라서도 계속해서 기사를 찾아 읽었다. 읽고 또 읽으며 이것이 꿈이 아닌지 되새김질했다. 언제나 같은 지하철인데 이 벅찬 가슴에 마치 기차 여행이라도 가는 듯이 설렜다. 내 소원이 이뤄졌다! 발걸음이 가벼웠다. 싱글벙글 밝은 얼굴을 하고선 손가락으로 핸드폰을 열심히 두드렸다. 밖이라 표출하지 못하는 이 설렘과 기쁨을 친구에게 보내는 메시지에 쏟아냈다.

[미쳤다! 기사 봤어? 재결합한대!!!!]

[이거 진짜야? 너무 좋아 어떡해ㅠㅠ나 소원 이뤘어!죽어도 좋아 진짜ㅠㅠ]

[아 아니지 보고 죽어야지 아직은 안 되지! 진짜 죽어도 여한이 없다 ㅠㅠ]

[와 진짜 좋아서 미치겠어!컴백이라니ㅠㅠ콘서트 지금부터 예매전쟁 연습한다]

[제발 제 자리만 남겨주세요ㅠㅠㅠ]

그러고는 친구를 만나서도 신나서 떠들었다.

"나 이러려고 과외했나 봐. 벌어놓길 잘했다!"

"시험이고 마감이고 문제가 아니야. 콘서트는 진짜 시간을 만들어서라도 갈 거야."

완전체로 돌아온 그대들보다 중요한 것은 없었다. 4학점씩이나 되는 설계 과목의 마감도 중요하지 않았다. 용돈 외 부수입으로 나의 생활을 윤택하게 해 주던 과외의 일정도 중요하지 않았다. 그대들을 보는 그날이 일 년 중 내게 가장 중요한 날이었다.

7은 행운의 숫자라고 불린다. 하지만 그동안 내겐 아니었다. 행운의 7이 아닌 아련한 7이었다. 그대들과의 마지막을 나타내는 숫자가 7이었기에. 하지만 그대들은 뫼비우스 띠를 닮은 8이란 숫자로 돌아왔다. 어디로 걸어도 뫼비우스 띠는 끝나지 않고 처음의 그 지점으로 돌아온다. 뫼비우스 띠는 그렇게 끝없는 영원을 말한다. 그리고 "다시는 해체하지 않을 것"이라며 그대들은 나에게 영원을 말하며 돌아왔다.

7이란 숫자를 따라 눈물을 흘려보내던 때가 있었다. 하지만 그 눈물을 잊고 그대들과 뫼비우스 띠 같은 8을 맞이했다. 8집이 공개됐다. '하늘색 약속', '미운 오리 새끼' 그리고 '바람'까지. 그대들의 음악으로 귀를 가득 채우고, 눈으로는 가사를 외우느라 애쓰는 보통날이 돌아왔다. 다시 그대들이 나오는 방송 일정을 체크하고,

최대한 많이 보려고 노는 약속도 미루는 그런 팬이 될 수 있다는 사실이 날 함박웃음을 짓게 했다.

나에게 이런 보통날을 다시 선물해 준 그대들에게 얼마나 고마웠는지 모른다. 그대들은 간절히 바라는 마음은 통한다는 말랑말랑한 마음을 다시 갖고 살게 해줬다. 하늘을 그리고 또 그렸더니, 내가 다시 뛰어들 파란 하늘이 두 팔 벌려 돌아왔다. 다시는 헤어지지 않겠다며, 함께 걸어갈 하늘을 약속했다. 그리고 지금, 이 순간, 나는 그대들이 약속한 영원한 하늘 속으로 다시 걸어 들어간다.

제가 되게 고집이 세잖아요, 아시죠?
정말 최선을 다해 god 지키겠습니다
감사하고 사랑합니다
- 윤계상 -

Date. 2014년의 어느 날

헤어지지 말자

가슴 벅차오르던 그대들의 재결합과 컴백 소식이었다. 다른 건 몰라도 이번 콘서트는 무슨 일이 있어도 가야 했다. 8년 만에 다섯 명이 함께 돌아온 무대였고, 15주년이라는 상징적인 자리였다. 그 무엇보다 간절히 바라던 소원이 이루어지는 날을 함께하지 못한다 는 것은 용납할 수 없었다. 다시는 볼 수 없는 거로 생각했던 다섯 명이 한 무대에서 신나게 노는 모습을 내 눈으로 담을 수 있는 날이 온 것이다. 그 순간만큼은 화면을 통해서가 아닌, 내 눈으로 직접 보고 싶었다.

잠실은 큰 공연장으로 팬들 사이에서 유명했다. 그 큰 공간을 가 득 메울 파란 물결 중 하나가 될 수 있어 뿌듯했다. 그대들의 귀환을 직접 축하해 줄 수 있다는 것에, 그 자리의 벅찬 감동을 온몸으로 함께 느낄 생각에 신나는 걸음으로 잠실로 향했다. 경기장 주변은 이미 하늘색 옷을 입은 fangod로 가득했다. 여자 화장실 줄이 너무 길어 결국 남자 화장실까지 침범하는 사태가 벌어질 정도로 말이다. 스탠딩 입장 전에 화장실은 필수로 들려야 하는 곳이었기에 어쩔 수 없었다. 그리고 다행이라면 다행인 것이 야구 경기나 다른 행사가 없어서 남자 화장실을 찾는 남자들이 적기도 했다.

열다섯 살을 마지막으로 나의 스탠딩도 멈췄다. 그리고 8년이 지나 스물셋이 되어 그대들과 함께 호흡하는 스탠딩으로 돌아왔다. 스탠딩으로 대기하는 시간, 입장하면서 받았던 슬로건의 문구를 가만히 읽었다. "다신 헤어지지 말자" 내 마음 그대로였다. 이날을 애타게 기다리면서도, 그 마음을 꾹꾹 눌러 접어야 했던 날들을 다시 만나고 싶지 않았다. 더 이상의 이별이 없기를 바랐다. 슬로건을 잘 말아서 주머니에 넣고, 그대들에게 펼쳐 보일 그 노래만을 기다렸다. 다시는 헤어지고 싶지 않은 우리의 마음을 있는 힘껏 전달하고 싶었다. 그대들이 다시 감격에 찬 눈으로 관객석을 둘러보며 감동하는 모습을 보고 싶었다.

공연이 시작되자, fangod의 전매특허인 떼창으로 공연은 가득 찼다. 그대들의 몸짓, 손짓 하나에 열광하던 순간이었다. 관객 한 명을 추첨해서 부르던 '난 좋아' 무대에 부러움에 소리 질렀다. 여자 댄서와의 춤에 한 번 더 빼액 소리를 지르며, 내 오빠들 옆의 여자는 상상할 수 없던 10대로 돌아갔다. 뒤죽박죽인 이 기억 속에서 몇 가지 아직도 기억에 남는 것이 있다.

2014년의 기억을 떠올리면 가장 먼저 떠오르는 것은 '바람'을 라이브로 처음 듣던 그 순간이다. 둘째가 돌아오면서 가사를 썼다는 곡이다. 그대들의 노래 중 느리고 슬픈 노래보다는 신나는 노래를 좋아하던 나였다. 그런데 '바람'이 발매되고 처음 들었을 때, 노래를 시작하는 둘째의 목소리와 그 가사가 가슴을 찡하게 울렸다. 어딘지 스산한 그 느낌에 마음은 시리고, 쓸쓸하게 느껴지는데, 가사를 되뇌게 만들면서 빠져들게 했다.

그리고 공연장에서 둘째의 목소리로 '바람'을 시작하던 그 순간, 이어폰으로 들을 때 느끼던 것과는 상상할 수 없는 감정이 몰려왔다. 눈두덩이가 뜨거워지는 것이 느껴졌고, 눈가가 촉촉해졌다. 그날의 '바람' 무대는 그토록 내가 바라던 순간이 꿈이 아니라 현실이라고 느끼게 해 준 무대였다. 둘째가 돌아온 것이 맞다고, 정말 다섯이 함께하고 있다고, 우리 정말 다시 다 같이 만난 것이라고. 그래서 2024년인 지금도 플레이리스트에서 '바람'이 재생될 때면, 노래에 집중하게 된다. 2014년 처음 '바람'을 듣던 그때처럼 가사를 되뇌며 듣곤 한다. 그리고 가사를 되뇌면, 그때 공연장에서 벅차올랐던 그 감정이 떠올라 눈두덩이에 열이 오른다.

그리고 또 잊지 못하는 기억은 그대들도 울고, 우리도 울고 펑펑 눈물을 쏟아내던 그 순간이다. 눈물의 시작이 누구였는지는 알 수 없다. 아마 감수성이 풍부해서 눈물이 많은 셋째가 아니었을까. 전광판에 나오는 둘째의 음성 편지에 주체할 수 없는 눈물을 흘리던 그대들과 함께 울었다. 원래도 누가 우는 것을 보면 절로 눈가가 뜨거워지는 나였다. 그런데 내 눈앞에서 내가 사랑하는 사람들이 우는 것을 보니 열려버린 수도꼭지를 잠글 수 없었다. 여기저기서 훌쩍이는 소리가 들려왔고, 전광판에는 눈시울이 빨개진 채 울다가, 얼굴을 뒤로 돌리며 숨기려 하는 그대들의 모습이 잡혔다.

팬으로서 우리는 그대들의 관계성을 사랑했다. 형제 같고 가족 같은 그대들의 모습을 사랑했다. 그래서 둘째가 한 명, 한 명에게 전하는 그 진심 어린 말에 공연장의 모두가 뜨겁게 눈물을 흘렸다. 돌아와 줘서 고맙다고, 쉽지 않았을 그 선택을 내려줘서 고맙다고, 그리고 이제 다시는 우리 헤어지지 말자고. 그렇게 다시 한 가족으로 돌아온 다섯 명을 보며 우리는 무대 아래서 함께 울었다.

여전히 2014년의 응원봉을 가지고 있다. 오랜 시간 서랍에 넣어둔 채, 가끔 다른 것을 찾다 녀석이 보이면 한 번씩 켜보곤 했다. 반짝이는 투명한 플라스틱 뚜껑을 지나 나오는 푸른빛을 바라보면, 그때 내가 들었던 함성과 뒤를 돌면 보이던 푸른 물결이 날 감싼다. 그리고 잊지 못할 기억이 떠오르며 미소 짓게 된다. 그 이후로 우리는 다신 헤어지지 않았으니까, 이제는 언제까지 영원할 것이라는 생각에 그날의 벅찼던 순간을 웃음으로 맞이한다.

Date. 2015년의 어느 날

콘서트를 잘못배워서요

　　나에게 콘서트란, 그대들이 무대에서 뛰면 나도 스탠딩에서 방방 뛰는 것이요. 그대들이 신나서 물을 뿌려대면, 나는 신나서 소리지르거나 떼창으로 답하는 것이었다. 드림 콘서트 같은 대규모의 여러 가수가 함께 나오는 공연이면 모를까, 내 돈 주고 가는 그대들의 단독 콘서트를 좌석으로 가는 것은 생각해 본 적이 없었다. 중학교 때 처음 그대들의 콘서트를 가며 배운 것이 머릿속에 진리처럼 박혀버린 것이다. 바위에 새기기라도 한 듯이, 프로그램의 기본값으로 설정된 듯이, '콘서트는 스탠딩이다.' 이 한 줄이 나에게 또렷하게 박혀버렸다.

　　그래서 코로나 이후 오랜만에 스탠딩이 부활한 그대들의 단독 콘서트가 어찌나 반가웠는지 모른다. 가을날 송도에서 이미 한 차례 스탠딩을 뛰며 예열도 했겠다, 옛날 그때처럼 스탠딩에서 그대들과 함께 즐길 수 있다는 생각에 설렜다. 스탠딩 입장을 기다리는 줄에서 앞뒤의 팬들과 같은 설렘과 간식을 나누고, 그때 그 시절의 추억과 함께 현재의 체력에 대한 걱정을 함께 나눴다.

"진작 운동 좀 할 걸 그랬어요. 지오디는 스탠딩인데! 3일 중에 하루 밖에 스탠딩으로 예매 못했어요."

"3일 올콘이세요? 대단하시다. 저는 어제는 좌석하고 오늘은 스탠딩이에요. 진짜 우리 콘서트는 스탠딩이 제맛이죠."

"작년 ON 콘서트는 전체 좌석이었잖아요. 그래서인지 뭔가 아쉬운 거 있죠!"

"맞아요, 맞아요! 진짜 '0%' 부를 때 스탠딩이 그리웠어요."

"다 우리가 콘서트를 지오디한테 배워서 그래요. 콘서트를 잘 못배웠어요. 계속 뛰고 물 뿌리고, 그렇게 콘서트를 배웠으니, 좌석은 성에 안 차는 거예요."

그렇게 서로 키득키득 웃으며 오가는 따뜻한 담소로 11월 초겨울의 야외 대기를 버텼다.

그대들의 재결합 이후 졸업과 취업이라는 현실에 부딪히며 현실을 살기가 바쁘다는 핑계가 생겼다. 그대들의 공연은 가지 못했지만, 나만의 방법으로 문화생활을 즐기며 스트레스를 풀고 있었다. 돈은 없고 놀고는 싶던 대학생과 취업준비생의 사이인 내가 문화

생활을 즐기던 방법은 라디오에 사연을 써서 콘서트, 뮤지컬 같은 공연 선물을 신청하는 것이었다. 내 생각보다 더 라디오를 찾는 사람들이 적었던 것인지, 아니면 내 글빨이 나쁘지 않았던 건지 수확이 쏠쏠했다.

그렇게 당첨된 콘서트, 뮤지컬로 그해 연말은 지인들에게 베풀고 다녔다. 친구와 동생들을 번갈아 데리고 다니며 신나게 문화생활을 즐겼다. 공짜 좋아하면 대머리가 된다지만, 매주 금요일 또는 주말이면 새로운 문화공연을 즐길 수 있다는 것은 큰 행복이었다. 신나고 행복하게 마냥 즐겼다. 그런 천진난만한 나의 기쁨에 급브레이크를 거는 것이 있었으니, 바로 콘서트였다.

첫 당첨 콘서트는 외국 가수의 내한공연이었다. 당첨되서 받은 것이니 좌석이여도 감사했다. 그런데 좌석이여도 당연히 일어나서 즐길 줄 알았는데, 일어서는 시간보다 앉아 있는 시간이 더 많았다. 앉아서 상체로 리듬이나 타고, 박수를 치는 것은 내가 알던 콘서트와 달랐다. R&B 노래의 가수이니 당연한 것이기도 했지만, 기본값이 남달랐던 나에겐 스트레스를 풀러 갔는데 반만 풀린 느낌이었다. 어딘가 허전하고, 뭔가를 빼먹고 안 한 것 같았다.

공연을 보는 내내 그대들과 놀았던 순간이 가슴 한 켠에 피어올랐다. 공연의 러닝타임 내내 마음이 그대들을 쫓았다. 내가 지금 공연을 보고 있긴 한건가 싶을 정도로, 계속 머리와 마음 속에서 그대들이 떠다녔다. 공연이 끝나고 집으로 가는 길, 2014년 잠실에서의 장면이 수없이 떠올랐다. '우리 그 때 진짜 좋았는데'.

이어서 당첨됐던 콘서트는 한 인디밴드의 콘서트였다. 노래가 잔잔한 편인 것을 알고 가서 신이 나는 것은 기대하지 않았다. 인디밴드여서 그랬는지 아니면 그들의 성격이었는지, 곡 중간에 멘트를 하는 것이 무척이나 어색해 보였다. 본인들 스스로 어설퍼도 이해해달라고 하는 모습이 풋풋하게 느껴졌다.

그대들의 공연에서는 모든 것이 매끄럽고, 멘트 하나하나에 웃음이 나고 눈물이 났던 것이 떠올랐다. 그동안 당연하다 생각한 것이 하나도 당연하지 않았다. 다른 가수의 공연에 가고 나서야 깨달았다. 내가 그대들의 콘서트를 간 것은 고작 서너 번이 전부였을 뿐인데, 내겐 그대들의 공연이 기준점이 돼버렸다.

이제는 우리들의 방식이 아닌 공연도 잘 즐길 수 있는 더 성숙한 어른이 됐다. 하지만 여전히 다른 콘서트에 있는 내 모습은 어딘지 어색하고, 우리끼리 노는 그 시간이 그리워진다. 어쩌겠는가! 처음 콘서트를 그대들에게 잘 못 배운 것을. 콘서트는 스탠딩이 진리요, 열심히 뛰고 떼창하는 것이 정석이라 배운 것을. 나는 무대 위의 그대들과 한 호흡으로 같이 노는 것에 적응해 버린 사람인 것을.

날 기다려줘

5집과 6집의 사이,
7집과 8집의 사이,
그리고 코로나
그대들의 25년 안에서 공백기 또는 휴식기가 세 번.

초등학교 5학년에서 중학교 1학년 사이,
고등학교 1학년에서 대학교 4학년 사이,
그리고 취업준비생과 이직 준비하는 중고 신입 사이,
나의 23년 안에서 내가 그대들을 놓치거나 잠시 놓았던 시기가 세 번.

시간이 흐르며 생긴 그대와 나 사이의 공백 속에서 나의 모습은
모두 달랐다.

첫 번째 공백기, 헤어짐보다 아픈 그리움

5집이 나온 줄도 몰랐던 바보 같은 팬이었다. '그때는 어려서 몰랐다.'라는 것이 내가 할 수 있는 유일한 변명이었다. 내가 변명하던 그 시기에 무슨 일이 있었는지를 한참이 지나고서야 알았다. 컴퓨터 화면으로, 스피커로 뒤늦게 듣는 그대들의 목소리와 소식을 나는 그저 먹먹하게 받아들일 뿐이었다. 누군가 내 머리와 마음에서 징을 세게 울린 것 같았다. 그 금빛의 징은 웅웅 진동을 퍼뜨려 나의 귀와 머리를 멍하게 만드는 것 같았다. 징에서 뿜어져 나오는 파동에 휩싸여 더 이상 다섯 명이 아니라는 현실을 떠올리면 먹먹해졌다.

이제야 활동력과 팬심을 함께 갖춘 중학생이 되었는데, 운명은 내게 장난이라도 치는 듯 그대들을 떨어뜨려 놓았다. 왜 어째서 나의 활동력과 팬심이 절정에 이르렀을 때, 나에게 이런 이별을 선물하는 걸까. 어째서 나는 그대들의 완전한 모습을 볼 수 없게 된 것인지 시간과 운명을 원망했다.

옛날 영상 속 그대들은 여전히 다섯 명이 함께 웃고 있는데, 이젠 그 예쁜 모습을 앨범 속 사진을 보듯이 과거에서만 찾아야 했다. 정말로 몇 년이 지나도 다시 모일 수 없는 걸까? 이젠 정말 끝인 걸까? 누구든 아니라고 말해주길 바라고 또 바랐다.

다섯 명이 함께 무대에 서는 모습을 더 이상 보지 못할 수도 있다는 사실을 받아들여야 한다고 생각할 때면 항상 내 마음속 어디선가 징이 울렸다. 지잉- 울리는 그 진동이 나의 마음을 강타하고, 이어서 눈을 향했다. 그럼 내 마음은 먹먹해지고 이어서 눈두덩이가 뜨거워지곤 했다. 그때의 나를 아프게 한 것은 다섯 명의 모습에 대한 그리움이었다. 그리고 언제 다시 만날지 모른다는 막연함이었다. 앞으로 그대들이 함께하는 모습을 그리움 속에서만 만나야 한다는 두려움과 막연함이 내 마음을 아려왔다.

두 번째 공백기, 누구도 들여놓을 수가 없었어

택배로 7집 앨범을 받자마자 가사집을 펼쳐보며 신나게 듣던 나는 '하늘 속으로'에서 울컥 밀려오는 감정을 고스란히 느꼈다. 7집의 '하늘 속으로'가 그대들이 우리에게 건네는 마지막 인사처럼 느껴졌다. 가사 한 줄, 한 줄이 우리에게 안녕을 고하는 듯했다. 6집으로 돌아와 준 기쁨을 느낀 것이 얼마 되지도 않았는데, 어째서 다시 이별을 암시하는지 원망스러웠다. 아쉬움과 슬픔을 가득 안은 채 쉼 없이 반복해 들었던 노래였다. 그 노래는 그대들의 활동이 끝나고 난 뒤에는 다시 듣기 힘든 곡이 돼버렸다. 먹먹해지는 내 마음을 감당하기 힘들어서 슬며시 밀어낸 노래였다.

발목께를 찰랑이는 물결처럼 잔잔하게 찰랑이던 아쉬움과 그리움은 시간이 지나며 썰물처럼 빠져나갔다. 어느덧 난 고등학생이 됐고, 대입이라는 관문에 들어섰다. 주변의 친구들은 여전히 아이돌을 얘기했고, 지난 시간처럼 나는 친구를 통해 그들의 이야기와 노래를 들었다. 귀동냥으로 주워듣는 이야기에 팬인 친구만큼 그 그룹을 알았다. 하지만 딱 거기까지였다. 그대들의 자리를 채울 가수는 나타나지 않았다. 그때 알았다. 그대들은 내게 사랑으로 자리 잡았다는 것을. 단순한 사춘기 소녀의 호감과 관심이 아닌, 멀리 떠난 가족을 그리워하듯 그대들을 마음에 담고 있다는 것을.

그래서 나는 그 자리를 비워 놓았다. 마음 한 켠에 빈자리를 간직한 채 나는 대학에 갔고, 복수전공을 했다. 빈자리의 존재가 잊혀 갈 때쯤 스펙을 쌓고자 교환학생으로 외국에서 시간을 보냈고, 돌아와선 밤샘 설계에 시달리며 아르바이트하며 보냈다. 그리고 2014년, 언제든 그대들이 돌아오길 기다리던 그 빈 자리를 다섯 명이 꽉 채웠다. 비워두길 참 잘했다.

세 번째, 이런 팬이라서 미안해 그리고 고마워

그대들이 모두 함께 돌아온 꿈같던 2014년이었다. 내겐 정말 한여름 밤의 꿈이었다. 그 꿈 같던 시간 이후로 내 현실을 사느라 그대들을 잠시 내려놓았으니 말이다. 2015년, 대학교 졸업을 앞두고 있던 당시의 내 뇌 구조 속에는 졸업 설계와 취업이 전부였다. 내 현실을 살아가기에 바쁜 나머지 나는 또 그대들을 잠시 놓았다. 다시 또 그대들의 소식을 잃었다.

내게 맞는 곳과 좋아하는 일을 찾겠다며 인턴을 했고, 직장에 들어갔다 나오기를 반복했다. 그렇게 나의 앞날을 꾸려가기 바빠 그대들을 위한 여유를 남기지 못했다. 마음속 한구석에 남은 팬심은 종종 그대들의 노랫말을 떠올리게 했다. 그대들의 새 음원이 나오면 바로 전곡을 플레이리스트에 추가했다. 그렇게 미약한 팬심의 끄트머리를 잡고 늘어져 있었다.

2020년, 남들의 부러움을 한 몸에 받던 안정적인 직장을 때려치웠다. 한 번 해봤으니, 재취업도 금방 이뤄낼 것이라던 내 자만을 벌하기라도 하듯이, 최종면접에서 보기 좋게 미끄러졌다. 기대가 컸던 만큼 불합격의 여운은 깊었다. 다시 일어나서 자기소개서부터 시작할 자신이 없었다. 나는 점점 우울의 심해로 가라앉고 있었다.

우울의 심해로 가라앉고 있던 내가, 그대들이 걷는 순례길을 보며 다시 맑은 하늘을 향해 헤엄쳐 올라올 수 있었다. 마음 저 깊은 곳에 숨죽이고 있던 팬심이 날 끄집어 올렸다. "너희들의 그 예쁜 마음을 우리가 항상 지켜줄 거야."라던 그대들의 노랫말처럼, 그대들은 이런 팬도 지켜주고 있었다.

연애하고 헤어지고, 그렇게 켜켜이 이별의 경험이 쌓이면 추억과 감정을 쉽게 정리할 수 있게 되더라. 그런데 팬으로서 가수를 사랑하는 이 마음은 참 다르더라. 적어도 나에겐 그렇더라. 잔향이 오래 남는 향수처럼 그대들은 그렇게 내게 머물렀다.

그 자리에서 날 기다려줘. 가끔 나의 삶이 먼저가 되더라도, 언제든 그대들에게 돌아갈 수 있게 말이야. 언제든 내 가슴에 품은 하늘색 풍선 하나를 꺼낼 수 있게 말이야.

Date. 2020년의 어느 날

눈으로 함께 걸다 보면

2023년 일기장 한 페이지에 한 해 동안 내가 좋아한 것들을 적는 페이지를 만들었다. 그리고 2024년을 맞이하며 되돌아보니, '오래된 것에서 오는 편안함'이 적혀 있었다. 새로운 것이 주는 찰나의 신선함과 흥미로움보다는 오래된 것이 주는 안정감을 좇는 삼십 대가 됐다. 그래서 요즘은 새로운 것보다는 익숙한 것을 깊이 알아가는 시간이 더 소중하게 느껴질 때가 있다. 새로운 사람과 대화가 끊길까 걱정하기보다는 침묵이 흘러도 불편하지 않은 오래된 인연과 옛 추억을 조잘대거나 진솔한 속마음을 나누며 보내는 시간이 더 좋다.

그래서 나는 그대들의 옛 예능 'god의 육아일기'를 놓지 못했다.

화면 속 그대들이 웃고 떠들며 그 시절의 유치찬란한 농담을 주고 받으면, 20년이 지난 지금의 나는 피식거리며 같이 웃는다. 그대들의 편안함이 만들어주는 자연스러운 웃음이 좋다. 1999년 이전부터 만들어온 그대들 사이의 끈끈하고 짙은 그 오랜 관계성을 나는 사랑한다. 그런 나에게 2018년, 그대들이 산티아고 순례길을 함께 걷는 모습이 담긴 '같이 걸을까'는 선물과 같았다. 어릴 때 좋아했던 애착 이불을 낡아 떨어질 때까지 쥐고 있다가, 마침내 그것을 대체할 수 있는 이불을 발견한 기분이었다.

내가 '같이 걸을까'를 본 것은 사실 나온 지 2년 지난 뒤였다. 한창 방영하던 당시, 산골짜기 관사에는 뒤통수가 뚱뚱한 유물 같은 텔레비전이 전부였다. 그마저도 야근과 주말 근무로 티브이 리모컨을 잡아본 적이 없는 바쁜 사회초년생이었다. 그 생활에 질려버려 퇴사를 감행했고, 다시 취업준비생이 됐다. 그리고 한 달을 준비한 최종면접에서 탈락하며 우울의 나락에 떨어졌던 그때, '같이 걸을까'를 찾았다.

불합격의 우울을 빨리 정리해야 새로운 시작을 할 수 있다는 것을 머리로는 알았지만, 몸으로 실천하기는 어려웠다. 우울은 자꾸만 날 침대에 붙잡아 놓았다. 침대에서 노트북으로 영화와 드라마를 보며 시간을 흥청망청 보내던 때였다. 정말 '보기'만 할 뿐이었다. 드라마와 영화 속 이야기와 대사에는 아무런 감정을 느끼지 못했다. 그저 노트북 화면을 멍하니 바라볼 뿐이었다. 저 깊은 심해로 가라앉아버린 감정은 다시 수면 위로 떠오를 조짐이 없었다. 합격을 향한 기대가 컸던 만큼 우울은 깊고도 길게 찾아왔다. 그렇게 감정도 생각도 없이 껍데기만 남은 내가 그대들의 순례길을 눈으로 함께 걸으며 감정과 생각을 찾아갔다.

20대의 그대들은 시간이 흘러 40대가 됐음에도, 함께 모여 있으니, 20대로 돌아갔다. 육아일기에서 합숙하던 그때 그 모습이 40대가 된 그대들의 모습에 겹쳐 보였다. 걷고 난 뒤 그대들끼리 예전처럼 요리해 먹고, 실없는 장난을 하는 말썽꾸러기 같은 모습에 빙긋 웃음을 지었다. 첫날부터 페이스를 잊고 달리더니, 못 걷겠다며 다리를 질질 끌고 동생 방으로 향하는 캡틴의 모습에 푸흡 웃음이 터졌다.

막내와 코털 제거기로 시작해서 몸싸움을 벌이는 둘째의 모습에는 깔깔대며 웃었다. 순례길의 여정 중 휴식을 취하던 날, 게임기 하나에 달려든 다섯 아저씨가 내 눈엔 그저 귀여워 보였다. 나에게 친근하고 편안한 그대들의 모습을 보고 있으니, 그제야 내 얼굴에 자리 잡았던 무표정과 우울함이 사라지기 시작했다.

'같이 걸을까'에서 내가 가장 좋아하는 날은 각자 따로 걷는 날이다. 그동안 어디서 말하지 않았던 본인의 고민을 사전 인터뷰 때 말한 셋째. 셋째가 말한 고민과 감정을 듣다가 내 감정은 열려버린 수도꼭지가 되어 콸콸 쏟아졌다. 앞에서 걷는 넷을 바라보며 본인의 상황이라 생각했다는 그대의 말을, 이 일을 그만해야 하나 고민했다는 그대의 말을, 오밤중에 침대에서 입술을 꼭 깨물고 눈물을 찍어 누르며 듣고 있었다.

맏형은 "와썹맨"을 외치며 예능에서 자리를 잡았고, 둘째는 영화와 드라마를 오가며 배우로서 자리 잡았다. 넷째는 뮤지컬과 가수 활동을 이어갔고, 막내도 가수로서 활동하며 소속사를 꾸려나가고 있었다. 그런 그들의 모습을 바라보며 본인은 원하는 일을 원하는 만큼 하지 못하는 것에 속상해했던 그대의 이야기 마치 내 이야기처럼 다가왔다.

다른 친구들은 공무원, 대기업에 들어가 안정적으로 그들의 삶을 이어가는데, 내 발로 안정적이라는 공공기관을 뛰쳐나와서는 일 년 가까이 헤매고 있는 내 모습이 떠올랐다. 남들은 돈을 모으고 승진할 때 나는 여전히 제자리걸음이라는 생각에 한동안 친구들과의 만남이 불편했고, 내 마음과 생각을 포장하며 숨기기가 바빴다. 그대의 이야기에 내 모습이 떠올라서, 누르고 숨기려 했던 슬픔을 터뜨리고 말았다.

셋째는 말했다. 앞에서 넷이 막 뛰는 것을 보다가 자신도 나중에 막 달려 나갔다고, 그냥 여기서 뒤처지면 안 될 것 같다는 생각이 들었다고. 전에는 멤버들이 잘되는 것을 보면 부럽기도 하고 그랬는데, 순례길을 걷고 돌아가면 이제 멤버들을 보면서 나도 파이팅을 할 수 있을 것 같다고. 멤버들에 비해 자신이 뒤처져 있는 것은 중요하지 않다는 것을 깨달았다고 말하는 그대의 한마디, 한마디가 힘이 됐다. 그대가 순례길을 걸으면서 얻은 깨달음의 생각을 나는 눈으로 함께 걸으며 얻었다.

그대들이 걷던 순례길은 말랐던 내 감정의 우물에 물기를 되살렸고, 생각의 회로를 동작하게 했다. 그대들의 순례길을 눈으로 함께 걷다 보니, 우울이란 이불을 걷어내고 의지라는 방석을 깔고 다시 책상 앞에 앉았다. 그대들 덕분에 내 직장을 찾는 여정을 멈추지 않고 걸을 수 있었다. 그리고 이젠 내 경력의 새로운 페이지를 하나씩 채워 나가고 있다. 그대들이 남긴 장면과 모습 하나하나가 우리에겐 삶의 활력이 되어준다는 걸, 그대들이 알아줬으면 한다.

///

내 살길을 찾겠다는 이유로 그대들을 잠시 멀리했던,

이런 팬이라서 미안해

그래서 내가 이런 글을 써도 될지 많이 고민했어

돌이킬 수 없는 지난 시간은 그만 보고,

앞으로 함께 할 내일을 더 바라볼게

///

CD 3

항상 이 자릴 지키며
그대들을 기다린다 약속하는
30대가 됐습니다

Date. 2022년의 어느 날

그대들과 나의 스위치를 ON

한동안 올라가지 않았던,

뽀얗게 먼지가 눈처럼 내려앉은,

어린 시절에는 뻔질나게 드나들고 오랜 시간을 보내던,

그런 나의 다락방에 올라가는 계단에 불이 켜졌다.

　천천히 다가간 계단 입구의 스위치에는 당신의 손자국이 하얀 눈밭의 발자국처럼 남아있다. 당신의 손자국 주변으로 살포시 쌓인 먼지를 한참 들여다본다. 그렇게 내 기억의 한 공간에 자리 잡고 있던 다락방과의 추억에 젖어 든다. 그리곤 마치 무언가에 이끌리듯이 당신이 켠 스위치를 따라 올라섰다가 다락방에 털썩 주저앉는다. 눈물이 그렁해졌다가 다시 또 피식, 슬며시 웃음 짓다가 한참을 그렇게 다락방에서 시간을 보낸다. 다락방과의 시간을 곱씹으며 그렇게 또 추억 위에 감정을 덧댄다.

그대들이 말한 "ON"의 의미가 그랬다. 그리고 그대들이 정의한 의미대로 나의 스위치가 켜졌다. 직장을 다니고, 업무를 쳐내고, 친구들을 만나 맛집을 가 디저트를 놓고 수다를 떠는 그런 보통날을 보내던 나였다. 그런 나의 보통날에 당신들이 켠 스위치는 그동안 흐른 세월만큼 천천히, 그리고 은은하게 불빛을 흘려왔다.

불빛의 시작은 내가 사랑했던 그대들의 목소리로 부르던 그 한 곡, 한 곡의 사랑 이야기를 다시 흥얼거리는 것이었다. 그렇게 먼지 쌓인 나의 기억력을 되살리려 나의 모든 외출 길을 그대들의 목소리와 함께했다. 그동안 몇몇 곡은 생각날 때마다 찾아 듣곤 했지만 이렇게 그대들의 모든 노래를 다시 찾아 듣는 것은 참 오래간만이었다. 요즘의 노래와는 다른 대화 같은 가사와 전자음을 찾기 힘든 멜로디가 나의 익숙함을 깨웠다. 오랜 시간 함께한 익숙함은 일상의 갖은 자극으로부터 날카로워진 날 잠재우고 편안하게 만든다. '그래, 이거지.'라는 생각과 함께 나는 익숙한 그대들에게 다시 내 맘을 누인다.

그대들이 켠 스위치는 천천히, 은은하게 다가왔다. 폭발, 분출과는 다르게 서서히 적셔 들어가는 것. 그것이 그대들의 매력이다. 그런 그대들의 스며듦에 익숙한 나는 누군가의 기준에서는 열성적인 팬이 아닐 수 있다. 나의 오늘을 살아내기에 바빴고, 나는 나 자신 하나도 온전히 감당하기에 버거운 사람이었기에. 그대들을 만나기 한 시간 전까지도 나는 미친 듯이 설레지 않았고, 잔뜩 흥분하지도 않았다. 어쩌면 평소에도 내 감정을 억누르는 것에 너무 익숙해진 것일지도 모른다.

하지만 그렇게 잔잔했던 탓일까. 그대들을 만난 그 순간 잔뜩 눌려서 납작해져 버린 그리움, 애틋함, 고마움, 그리고 사랑이 서로를 앞다투며 나오기에 바빴다. '촛불 하나'의 전주가 흘러나오자, 울컥 눈물이 차올랐다. 그대들을 만남과 동시에 눈가에 힘이 들어갔다. 힘을 줘 참지 않으면 마스크를 잔뜩 적셔버릴 것만 같았다. 그리고 이어서 '0%'가 흘러나오자 묵혀온 마음을 모두 터뜨렸다. 수많은 목소리 중 하나일지라도, 그대들에게 닿지 않을 것을 알면서도 있는 힘껏 크게 불렀다. 나의 마음이 그대들에게 그리고 나 자신에게 말하고 있었다. 보고 싶었다고, 그런 내 마음을 참 오랜 시간 모르는 체하고 살았다고, 그리워하고 있었다고.

그동안의 긴 기다림과 그리움을 다 보듬기에는 그대들과 함께한 세 시간가량의 시간은 턱없이 부족했다. 짧다면 짧은 시간이었지만 그대들이 다시 날 적시기에는 충분했다. 보통날에 파묻혀 건조함의 흙먼지를 날리기에 일보 직전이던 오랜 추억이었다. 그런 그대들과의 추억은 오늘 맑은 하늘을 수혈받아 다시금 촉촉해졌다. 그대들을 열렬히 사랑했던 열네 살 시절의 감성이 한 스푼, 그대들의 재잘거림에 즐거움이 한 스푼, 무대 위 그대들의 모습에 차오르는 동경심이 한 스푼, 그대들과 만든 지난날의 추억을 다시금 그대로 재현해 냈다는 뿌듯함이 한 스푼. 그렇게 마른 추억에 감성이 한 스푼씩 더해지니, 내 추억의 땅은 어느새 한 줌 움켜쥐면 한 손 가득 물기가 남을 만큼 촉촉해져 있었다.

나의 모습은 예전 같지 않다. 더 이상 새로 나온 노래의 가사를 외우려 가사집을 펼쳐놓고 공부하지 않는다. 더 이상 나의 재생목록은 그대들의 역사로만 꽉꽉 채워져 있지는 않다. 하지만 어느 날 갑자기 그대들의 멜로디가 나의 머릿속에 꽂히곤 한다. 일어나자마자 뜬금없이 그대들의 노래를 흥얼거린다거나, 퇴근길 노을을 뒤로한 채 걷다가 문득 분위기가 그대들의 노래와 잘 어울린다고 생각한다거나… 그렇게 이유 없이 그대들은 날 찾아오곤 했다.

어쩌다 하늘을 올려다보며 그대들을 찾곤 한다. 내가 기쁠 때, 생각을 멈추고 싶을 때, 그렇게 나는 때때로 하늘을 올려다본다. 그대들을 올려다보면, 그대들과 함께했던 추억이 떠오르고, 때로는 그대들의 노랫말이 생각나기도 한다. 내 생각이 점점 나의 입꼬리를 끌어올린다. 생각의 끝에 다르면, 어느샌가 살포시 웃음 짓게 된다. 그게 바로 그대들이다.

하늘이 항상 새파랗게 눈이 부실 수만은 없다. 그렇게 하늘은 변하기도 한다. 하지만 그래도 괜찮다. 하늘은 돌고 돌아 맑은 하늘로 돌아오니까. 그대들의 세계에서 갖은 먹구름과 천둥, 번개를 만나며 지금까지 안녕히 그 자리를 지켜준 것만으로도 나는 감사하다. 언제나 맑은 하늘이 아니어도 좋다. 그렇게 그대들은 지금처럼, 자연스럽게 나의 하늘로 남아주면 된다.

그대들을 매일 올려다보지 않는다고 잊혔다 생각하지 않길 바란다. 그대들은 잊힌 적이 없다. 이미 스며들어와 있기에, 그동안처럼 슬며시 다가와 그대들과 나의 스위치를 ON으로 돌려놓으면 된다. 지금의 ON도 늘 그랬듯이 서서히 OFF로 넘어갈 것이다. 그렇게 나는 또다시 보통날 속에서 그대들을 만나고 있을 것이다. 나도 모르는 사이에 딸깍, 딸깍을 반복하며 하늘인 그대들을 기억하고 그리워하고 있을 것이다.

일에 치이고, 세상에 치이고, 열심히 살다가
문득 하늘을 보다 하늘이 너무 예쁘면
'우리 god가 여러분을 응원하고 있다'를
꼭 아시기 바랍니다
- 안데니 -

언제나 맑은 하늘이 아니어도 좋다
그렇게 그대들은 자연스럽게
나의 하늘로 남아주면 된다

Date. 2005년부터 지금까지

캡틴, 오 마이 캡틴

　　지오디를 좋아한다는 내게 종종 물어오는 질문이 있다. "누구 제일 좋아해?" 팬질의 시작이었던 초등학교 때부터 그대들을 실물로 보기 전인 중학교 1학년 때까지, 나의 대답은 하나였다. "다섯명 다 좋은데." 그리고 중학교 2학년을 올라가던 겨울, 내 인생 첫 콘서트에서 팬들을 바라보는 캡틴의 그 눈빛과 모습에 빨려들어가며 내게도 최애가 생겼다. 그 후, 30대가 된 지금까지 "누구 제일 좋아해요?"라는 누군가의 물음에 내 대답은 한결같다. "박준형이요."

그대의 한결같은 팬 사랑을 어떻게 안 좋아할 수 있겠어

"국민그룹이라는 거는, 그거는 한국의 그룹이라는 거잖아. 예전에는 겸
손하게 말했는데 이제는 나이 들고 나니까 이거 보잖아? 인정해야 돼. 솔
직히 대단했었어. 나는 자랑스러워! 근데 우리가 대단한 게 아니고, 이 팬
들 아니면 우린 이 자리에 서지도 못해. 팬들이 너무 대단하고 고마워요."

-호적메이트 中-

오롯이 팬을 향한 고마움을 표현한 그대의 문장들이 나를 웃음
짓게 한다. 그대의 문장은 날 것 그대로이다. 그래서 꾸밈없이 순수
하게 그대의 마음을 표현한다. 그렇게 그대는 때로는 장난스럽고
웃기게, 때로는 제법 진지한 표정으로, 때로는 영어로, 우리에게 고
마움을 표현한다. 그런 그대의 감사 인사와 우리를 향한 위로와 응
원이 전해질 때면, 마음이 찡하다. 고작 나란 사람의 마음과 응원은
수많은 마음 중 하나일 뿐이었는데, 마치 그게 전달된 것 같은 기분
이 든다.

어느 연예인이 팬을 사랑하지 않고 고마워하지 않겠냐마는, 참
오랜 시간을 한결같이 표현해 준 그대의 마음이 나는 다른 어떤 마
음보다 크게 느껴진다. 팬들은 모두 고슴도치이긴 하지만, 이만큼
팬에게 고마워하는 가수가 내 가수라는 뿌듯함에 미소가 지어진
다. 우리를 걱정하고 위해주는 그 마음에 나는 매번 감동하고, 여전
히 그대가 말하는 모든 문장을 사랑한다.

유리구슬처럼 투명한 그대의 순수함을 어떻게 안 좋아할 수 있겠어

「같이걸을까」에서 멤버들이 혼자 걷는 시간을 갖는 에피소드가 있다. 각자 출발 시간이 달라서 숙소까지의 도착 시간이 모두 달랐다. 가장 마지막에 출발했던 맏형이 숙소에 도착할 때가 됐는데, 도착하지 않자 동생들은 숙소 앞에서 주인 기다리는 강아지들마냥 기다리고 있었다.

맏형이 늦게 도착한 이유는 숙소에 가는 길에 있던 마트에서 실컷 장을 보다 늦은 것이었다. 동생 한 명, 한 명을 생각하며 '누구는 뭘 좋아하는데'라며 바구니가 채워진다. 계산대로 가면서도 '이건 우리 애들 다 좋아해.', '이거 사다주고 싶은데.'라며 발걸음을 떼지 못 한다. 칫솔부터 납작복숭아, 오렌지, 맥주, 머핀…그렇게 마트를 하나 다 담아온 큰 형을 보며 다 커 버린 동생들이 웃음지으며 호응해준다.

나는 그런 그대의 순수함이 좋다. 때로는 어린아이 같아 보이는 그대의 말과 행동에는 따스함이 담겨 있다. 사람을 진심으로 좋아해서 나올 수 있는 그대의 순수한 행동이 날 웃음 짓게 한다. 그대가 보여주는 모습은 참 투명하다. 어떤 거짓이나 의도를 담고 있지 않고, 순수하게 그대의 생각과 마음을 표현하고 있는 것 같다. 그런 거짓과 가식 없는 모습이 나는 좋다. 그대는 표현을 있는 그대로 직설적으로 하는 편이다. 그런 모습에 나는 웃음과 즐거움을 얻으며 일상을 쉬어간다. 그대가 냉동인간이라는 별명을 얻은 것도 어쩌면 그대가 가진 순수한 마음에서 나온 것이 아닐까 싶다. 때 묻지 않은 순수한 당신의 표현이 오늘날의 많은 사람들에겐 신선한 즐거움이다. 그대의 순수함으로 사람들에게 웃음을 주는 모습이 좋다.

그대의 젊음을 어떻게 안 좋아할 수 있겠어

이미 나와 띠동갑을 두 번 가까이 도는 그대이지만, 나는 항상 그대의 나이를 잊고 산다. 그대의 탄탄한 몸을 볼 때면, 재민이를 번쩍번쩍 들어 올리며 자랑하던 그때의 팔근육과 변한 것이 없다. 그런 그 시절과 다를 바 없는 몸매 덕분일까? 그대의 패션은 그대의 나이를 가늠하기 어렵게 한다. 한국에서는 종종 20대가 입어야 할 옷, 30대가 입어야 할 옷이 정해진 것 같은 때가 있다. 가끔 어떤 브랜드의 후드티가 마음에 들어 장바구니에 넣었다가도, 중학생이나 입는 브랜드라는 말에 장바구니에서 삭제하곤 한다. 하지만 그대는 전혀 그런 것은 아랑곳하지 않고 자신의 스타일을 추구하는 모습을 보여준다. 그대는 반바지에 프린팅이 있는 나시티, 맨투맨, 또는 후드티를 자연스럽게 입는다. 다른 50대들은 생각하지 못할 옷을 그대는 척척 소화해 낸다. 화려한 스카잔 자켓을 입고 무대에 등장하고, 꾸러기스러운 반바지의 정장 셋업을 첫째인 그대가 소화해 낸다.

그대의 인스타그램에서 스케이트보드를 타며 킥보드를 타는 딸을 쫓아가는 모습을 봤다. 사실 이 영상 하나가 그대의 젊음을 묘사하는 것 같다. 지금껏 내가 본 어떤 외국 드라마, 영화에서도 아빠가 스케이트보드를 타고 딸을 쫓아가는 그림은 본 적이 없다. 사회가 나이에 따라 요구하는 모습을 의식하지 않고, 본인이 좋아하는 것을 있는 그대로 즐기는 그대의 모습이 나는 참 보기 좋다.

그래서 언제나 젊게 사는 그대를 보면 나를 되돌아보게 된다. 스물세 살이나 어린 나는 여전히 나이를 탓하며, 나이를 이유로 포기하는 것들이 많아지고 있기 때문이다. 나의 말투도, 내가 좋아하는 옷도, 배우고 싶은 취미까지도, 나를 중심에 두고 생각하기에 보다는 사회에서 요구하는 기준에 맞춰야 할 것만 같은 때가 늘었다. 하지만 그대를 보면서 나이는 생각하기 나름이라고 느낀다. 그리고 추측해 본다. 어쩌면 그대만의 젊음의 비결은 그대가 삶을 살아가는 그 방식이 아닐까.

언젠가 누가 나에게 이상형이 어떻게 되냐고 물었다. 특별히 고민해 본 적 없던 나는 뭐라고 답해야 할지 한참을 고민하던 끝에 대답했다. "나이 들어서, 40대 중년이 돼서, 웃을 때 눈꼬리 옆으로 예쁘게 주름지는 사람. 웃을 때 눈꼬리 옆에 예쁜 주름이 지는 게, 나는 그 사람이 그만큼 착하게 살아왔다는 증거 같더라." 그런데 캡틴, 그대의 눈가에도 그런 예쁜 주름이 있다. 이러니 나는 그대를 좋아하지 않을 수가 없다.

You say,
"You guys are all my pride,
strength and power"

then I say,
"You always says we are your pride.
But we think you are our pride.
I'm always proud of that I'm your fan.
Captain, Oh my Captain,
please be our captain forever."

Date. 2023년 9월의 어느 날

내 가수를 소개합니다

　내성적인 나는 상대에 따라 보여줄 수 있는 '나'의 모습이 다르다. 내 성격, 행동, 고민 등을 레벨별로 분류한다. 직장 동료같이 무난하게 만나는 걸 사람은 Level 1이다. 불편한 것이 있어도 티 내기보다는 삭히고, 까탈스러운 면모는 숨기고 두루뭉술, 둥글둥글한 척한다. Level 4, 나와 가장 가깝고, 내가 편안하게 생각하는 사람들이다. 있는 그대로 나의 모습을 보여줄 수 있다. 우울함에 푹 젖은 모습도, 한껏 신이 나 흥이 오른 우스꽝스러운 모습도, 모두 그대로 보여주는 것이 부담스럽지 않다.

　부끄러움이 많은 편인 내가 이런 나의 팬질을 편하게 이야기하고 드러낼 수 있는 것은 Level 4단계의 최고 단계이다. 꽥꽥 소리치고, 좋아서 어쩔 줄 몰라 응원봉을 흔들고, 신이 나서 몸을 흔들고 뛰는 내 모습을 보이는 것은 왠지 부끄럽다. 일상에서의 내 모습과 차이가 크다는 것을 알아서, 그날 밤 자다가 이불을 뻥뻥 찰 것만 같은 부끄러움이다. 그래서 이런 fangod인 내 모습을 보여준다는 것은 나로선 엄청난 마음가짐이 필요하다. 그런 내가 KBS 대기획 'ㅇㅁㄷ지오디' 콘서트를 대학 친구들과 함께했다.

단체채팅방 이름 <뻔한 애들>, 2010년부터 함께 한 대학교 친구들이다. 1학년 때, 사귀던 남자 친구와 통화하던 중 누구랑 있냐는 질문에 "맨날 똑같은데 뭘 물어. 뻔한 애들이지."라고 말한 내 대답에 친구들이 "아, 우리는 뻔한 애들이구나. 우린 넷이라 글자 수도 딱 맞네!"라며 놀리듯이 하던 말이 굳어진 것이다. 나는 학번 끝자리 순서대로 '들'을 맡게 됐다.

그중 '뻔'은 fangod로 이미 일찍이 나의 팬질하는 모습을 옆에서 봤다. 그리고 '한'은 최근 몇 년 사이 나와 가장 가깝게 이야기하고 고민을 나누는 친구로 이미 Level 4단계에 속했다. 그래서 팬질하는 내 모습을 보여줄 수 있을 만큼 편한 사이지만, 아직 팬질하는 내 모습을 보여준 적은 없었다. 그리고 마지막 '애' 역시 나의 팬질하는 모습을 본 적은 없지만, 오래된 술친구로 어느 정도 서로의 편한 모습을 볼만큼은 본 친구였다. 그래서 '애'는 내 팬질을 보여줄 수 있는 Level 4단계의 관계였지만, 아직 보여준 적은 없어서 조금은 부끄러운 상태였다.

그대들의 'ㅇㅁㄷ콘서트' 소식을 기사로 접하고 티켓에 대한 공지를 기다리고 있던 때였다. 근무 시간의 톡메이트 '한'이 ['들', 이거 봤어?]라며 그대들의 콘서트 기사를 보내왔다. 어린 시절 좋아했던 가수의 콘서트에 가보고 싶다는 '한'의 말을 시작으로 13년지기 네 명이 함께하는 첫 콘서트는 그대들의 콘서트가 됐다. 콘서트를 앞두고 fangod인 '뻔'과 나는 단체채팅방에 듣고 오면 좋은 플레이리스트를 올렸다. 그리고 무엇보다 듣고 와야 할 한 노래를 '뻔'이 공지했다.

[다 필요 없고 '다시'만 부를 줄 알면 됨]

9월 9일, 가을을 알리는 따가운 햇볕 아래 넷이 만났다. 티켓을 교환하고 붕 뜬 시간과 점점 허기져 가는 배를 달래고자, 인근의 잔디밭에 자리 잡았다. 주변은 이미 준비성 철저한 무리가 돗자리를 깔고 앉아있었다. 카페만 생각하고 아무것도 준비하지 못 한 우리는 응원봉 포장 상자와 갖고있던 온갖 포장지를 깔고 앉았다. 남들이 보면 거지꼴이었으나, 학교 연못에 신문지 깔고 앉아 짜장면 시켜 먹던 그 느낌이 나서 좋았다. fangod가 아닌 '한'과 '애'에게 마지막 벼락치기로 노래를 틀어 주입하며 그대들과의 만남을 기다렸다.

공연이 시작되고 나니 차오르는 흥에 젖어 주변의 시선을 향한 나의 레이더는 꺼졌다. 그렇게 무아지경 나만의 시간을 향해 달려갔다. 작년 12월 이후 9개월 만에 보는 그대들의 무대라서, 코로나 이후 첫 스탠딩이라서, 내가 그대들과 함께하는 첫 야외 콘서트라서, 모든 것이 날 신나게 했다. 심지어 '0%'로 시작하다니! 방방 뛰면서 그대들과 호흡하기에 가장 좋아하는 노래였다. 맑은 하늘에 뜨거운 열기를 쏘아대는 해도, 그대들만큼 예쁘게 보였다. 파란 하늘을 붕붕 날아갈 것만 같았다. 그래서 옆에 '애'가 있다는 사실을 잊고선, 잔뜩 흥에 취해서 뛰고 노래했다.

13년 만에 처음 보는 친구의 모습을 신기하게 쳐다보는 '애'의 시선이 느껴지긴 했다. 그런데 그것도 찰나일 뿐, 나는 그대들과 놀기에 바빴다. 스탠딩은 사람이 흐르는 구역이라, 공연이 무르익어가며 나의 위치가 어디로 바뀔지 모르는 법이었다. 나란히 서서 시작했는데 어느샌가 대각선이 됐고, '애'는 나보다 한 발 뒤에 있었다. 그제야 흥분이 가라앉아 킥킥대며 물었다. "너 언제 이렇게 뒤로 갔냐?" '애'는 자신의 주변을 한 번 둘러보더니, "어느 순간부터 내가 여기 있더라고?"라고 황당한 듯 웃었다.

자신의 위치가 옮겨지는 줄도 모른 채 즐겼다는 말처럼 들려서 기분이 좋았다. 늘 그렇듯이 돌출무대로 관객을 만나러 자주 나와 줘서, 나름 선방한 티켓팅으로 친구에게 그대들을 충분히 보여준 것이 뿌듯했다. 떼창으로 유명한 우리 fangod이기에 친구가 따라 부르지 못해 소외당하는 기분이면 어떡하나 걱정하기도 했다. 하지만 우리는 10학번, 그대들의 노래를 모를 리 없는 우리의 나이를 잠시 잊었던 헛된 걱정이었다. 단체채팅방에서 그렇게 강조한 '다시'도 가사를 볼 수 있게 되어있어서 친구도 그날만큼은 함께 fangod인 척할 수 있었다.

'ㅇㅁㄷ지오디'는 나에게 가장 가깝고 소중한 친구에게 내가 사랑하는 사람들을 소개하는 자리였다. "와, 손호영은 왜 안 늙어? 왜 그대로야?", "팬들 어떻게 가사를 다 따라 불러? 대단하다!", "'다시'는 나 좀 소름 돋았어.", "30대인 나는 힘들어 죽겠는데, 지오디는 체력도 좋다." 오가는 그대들을 향한 칭찬과 이야기에 어깨가 으쓱해진다.

그래, 이게 내 가수야. 이렇게 무대에서 멋있고 재밌게 놀 줄 아는 사람들이 내 사람들이야. 무대에서 노래는 그대들이 했지만, 마치 내가 성공적으로 공연을 마친 느낌이었다. 그리고 가장 가까운 사람에게 가장 날 것의 내 모습을 보이며 한층 더 나를 알려줄 수 있는 시간이기도 했다. 그대들 덕분에 나는 어쩌면 친구와 한 꺼풀 더 격 없는 사이가 되지 않았을까. 그대들은 그렇게 강철 같은 나의 경계를 허무는 사람들이다.

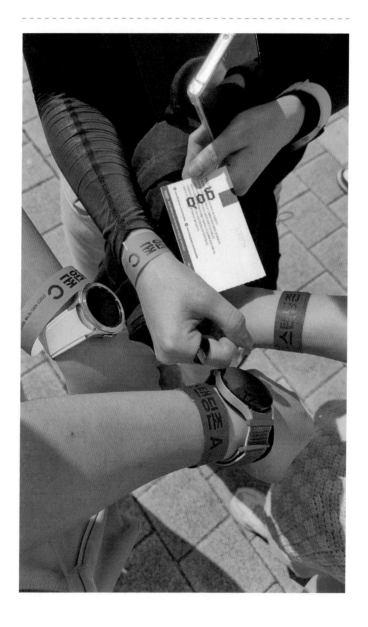

Date. 2023년 10월의 어느 날

팬심에도 기준이 있나요

진짜 팬, 찐팬의 기준은 무엇일까. 중간중간 내 삶을 쳐내기 바빠 휴덕기를 갖기도 했던 나를 진짜 팬이라고 볼 수 있을까. 휴덕기 없이 오롯이 그대들을 향했던 다른 fangod를 보면, 종종 부채감이 느껴졌다. 나의 마음도 가볍지만은 않은데, 얕지만은 않은데. 비교하고 있자니, 나의 마음은 작고 흔해서 보잘것없는 것처럼 보이더라.

그대들에게 쓰는 돈은 아깝지 않다는 말을 볼 때면, ON 콘서트 때 응원봉 가격에 놀랐던 내 모습이 부끄러워지더라. 결국 공식 응원봉 사이에서 2014년의 스틱봉을 들고 있던 나는 중앙제어로 만드는 아름다운 모습을 방해하는 못난 팬이었던가 싶었다. 비교는 독이라는 말처럼, 팬질에서도 비교는 나를 갉아먹는 독이더라. 누군가의 마음을 재단하고, 누군가에게 나의 마음을 재단 받는 것 같은 느낌은 영 불편했다. 내 오랜 마음을 꺼내어 펼쳐 보일 수 있다면 좋으련만, 그럴 수 없으니 내 마음을 증명해 줄 무언가가 있길 바랐다.

그러던 9월, 공식 팬클럽 모집이 시작됐다. 20년이 넘는 팬질을 해오면서 팬클럽은 한 번도 가입한 적이 없던 나였다. 한 번도 공식이 된 적 없던 이 팬심을 공식으로 만들 기회가 열렸다. 이제 난 자유의 서른이, 내 즐거움은 내 돈으로 사는 어른이 됐다. 내 팬심에도 공식 카드 한 장 붙여줄 수 있는 그런 팬심의 주인이 된 것이다. 팬클럽 가입과 결제를 마치고 나니 괜히 어깨도 으쓱하고 가슴도 한 번 쫙 펼치게 되고 그런 뭔가 당당한 팬이 된 느낌이었다. 그간 내가 느꼈던 어떤 부채감, 부끄러움, 아쉬움을 한 번에 해결한 것 같았다. 잠시 뿌듯함에 취해 있으니, 열다섯 살 한창 열정적으로 팬질을 하던 그때의 나를 떠올리게 됐다.

그때는 모아놓은 용돈을 콘서트 비용으로 다 써버려서 남들이 팬클럽에 가입하는 걸 부럽게 바라봐야 했다. 어차피 공개방송도 다닐 수 없는 처지라 팬클럽의 혜택은 누릴 것보다 놓치는 것이 많을 게 분명했다. 그럼에도 공식 팬클럽 가입을 부러워한 이유는 단 하나였다. 팬클럽 카드 한 장, 그게 그렇게 부러웠다. 소속감과 동질감이 중요했던 사춘기의 팬에겐 나도 공식적인 팬으로 인정을 받는다는 의미가 컸다. 팬클럽이 갖는 카드 한 장과 몇 가지 물건을 나도 갖고 있다는 그 뿌듯함을 느껴보고 싶었는데, 그때의 나는 사진으로 구경만 해야 했다.

　정말 간절했다면 엄마에게 조르거나 용돈을 가불 받는 방법을 썼겠지만, 간절함보다 장녀로서 책임감이나 의무감이 더 컸다. 난 맏이니까 부모님을 도와야지, 힘들게 해선 안 된다는 생각이 언제나 마음 한편에 자리 잡고 있었다. 동생은 반찬 투정을 부려도, 게임 CD를 사달라고 조르고 떼를 부려도, 누나인 나는 그러면 안 됐으니까. 나는 그저 입을 꾹 다물고 간절히 바라는 눈으로 바라보다가 조심스레 사달라고 말을 꺼내야 했다. 그래서 자기가 원하는 것을 직구로 말하고 얻어내는 동생이 부럽기도 했고, 얄밉기도 했다. 먼저 태어났다는 이유로 나는 항상 참아야 하는 것이 불공평하다고 생각했다.

　팬클럽 가입 비용이 어마어마하게 큰돈은 아니었지만, 그래도 공부가 아닌 노는 것에 쓰는 돈이었으니까 말을 꺼내기 불편했다. 그리고 괜한 걸로 엄마를 괴롭히고 싶지 않았다. 그래서 합리화했다. '어차피 나는 공개방송도 안 다니니까 별 필요 없는 일이다.' '고작 플라스틱 카드 한 장일 뿐이다.' 'fangod 로고가 저렇게 크게 박힌 건 실생활에서 쓰지도 못할 거다.' 마음과 반대되는 소리를 수없이 나의 머릿속에 주입했다. 언젠가 학원비와 우리 집의 대출로 아빠가 푸념하는 것을 들었던 적이 있기에, 오로지 나 하나의 기쁨과 즐거움만 생각할 수 없었다. 다음날, 장녀는 또 떼를 쓰며 엄마에게 달려드는 동생을 보며, 착하게 가족을 생각하는 맏이의 역할에 최선을 다했다.

커버린 몸과 세상을 알아버린 머리에 비해 여전히 마음은 애라서, 나의 마음에는 여전히 인정받고 싶은 욕구가 일렁인다. 그래서 내 팬심을 스스로 의심했고, 진짜 팬이 되는 방법을 고민했다. 나는 내 팬심에 '공식' 두 글자를 달아주는 것이 내 팬심을 인정받는 방법이라 생각했다. 나처럼 '공식'에 목말랐던 사람도 있을 거고, 누군가는 시간이 흘러 변화한 자신의 역할 앞에 주저하기도 했을 거다.

한때 팬클럽에 목말랐던 사람으로서, 들고나니 후련한 마음이 드는 것은 사실이다. 하지만 누군가를 사랑하는 마음에 공식이란 없다. 진짜란 없다. 그리고 가짜도 없다. 마음에 크기란 없다, 그 존재만이 있을 뿐. 우리는 저마다의 방식으로 각자의 마음을 표현하며 살아간다. 그러니 우리 비교는 내려놓고, 잣대는 넣어두자. 누군가의 팬심을, 그리고 나의 팬심을 재단하지 말자. 그 소중한 팬심은 오늘도 당신의 별을 향해 반짝이고 있으니.

Date. 2023년 11월의 어느 날

영원한 아이들이 만든 명작

스탠딩을 준비하는 자세

아무리 일상에 절어서 콘서트 당일까지 설렘이나 기대감을 못 느끼더라도, 출구에 나와 눈앞에 펼쳐지는 현수막들과 온갖 하늘색 아이템을 장착한 fangod들을 보면 설렘이 시작된다. 오늘도 출구를 나오자, 그대들의 공연을 알리는 현수막과 벌써 MD를 사서 장착한 다른 fangod들을 보며 마음속에서 신남이 싹트기 시작했다.

티켓을 교환하고선 겉옷을 최대한 오래 입고 있다가 맡기려 물품보관소 근처의 벤치에 앉아 짐 정리에 나섰다. 슬링백을 꽉 채우던 하풍봉을 꺼내고 빈 곳에 다른 짐들을 정리했다. 사놓은 붙이는 핫팩을 기모 후드 안에 붙이면서 미리 예열도 시작했다. 그리고 마지막으로 안경을 닦으며 또렷한 시야로 마무리하려던 그때, 안경 알 하나가 툭하고 빠져버렸다. 응? 네가 거기서 빠지면 어떡해? 아직 공연 안 끝났단다, 애야. 네가 이러면 안 돼. 여분의 안경은 내 준비물에 없었다고! 나의 부산스러운 정리를 옆에서 지켜보던 친구가 풉 하고 웃음을 터뜨렸다. "아니, 뭘 얼마나 선명하게 보려고 안경알이 빠질 정도로 벅벅 닦았대!"

친구의 놀림에 웅얼웅얼 대답하고선 이 황당하고 긴급한 상황을 처치하려 애썼다. 안경테에 알을 끼우려 이렇게도 맞춰보고, 저렇게도 맞춰보던 그때, 드디어 안경알이 테에 무사히 안착했다. 세상에, 하느님 감사합니다. 이럴 때만 인사하는 무교인이라 죄송해요!

스탠딩 자리 선점을 시작합니다

친구와 각자의 번호로 줄을 서서 입장을 했다. 그런데, 공연장에 들어서자마자 난관에 봉착했다. 무대를 가리는 천막이 마치 직육면체 같은 모양을 하고 있었는데, 거기서 혼자 이상한 착시에 빠졌다. 당최 어디가 메인 무대고 어디가 돌출 무대인지 감이 안 오던 것이다. 스탠딩의 생명은 관객 분포를 빠르게 스캔하여 판단하는 것인데, 망해도 단단히 망했다 싶었다. 어영부영 그나마 키 큰 사람들이 없어 보이는 중앙 쪽으로 섰다가, 잠시 멈칫하고선 그제야 펜스가 아직 한 줄이라는 걸 보고 펜스 쪽으로 다시 이동했다. 나의 덜 떨어진 공간지각능력을 원망해야 했다.

사람들이 들어차면서 조금씩 이동이 생기기 시작했다. 요리조리 조금씩 몸을 움직이다 보니 갑자기 발밑에 낯선 경사가 나타났다. 뭐지 하고 바닥을 보니 펜스의 바닥 부분이었다. 그런데 요놈, 잘만 밟고 서면 애매한 내 키에 깔창 같은 역할을 해줄 것 같았다. 철로 되어있으니 쉽게 부서질 것도 아닌 것 같고, 말이다. 그래서 2~3cm라도 키를 높여보자는 마음으로 경사 발판을 밟고 올라섰다. 스탠딩 구역에 사람이 다 차자 자연스레 떠밀려 펜스 쪽에 가깝게 붙었다. 나 나름 선방한 것 같은데! 나의 멍청한 공간지각능력으로 자리 선점에 망한 줄 알았더니, 오랜만에 내 잔머리와 판단력이 제 일을 했다.

한 번 아이돌은 영원한 아이돌

이번 마스터피스 서울 콘서트에서 가장 좋았던 것은 유닛과 솔로 무대였다. 이 특별한 무대들이 좋았던 이유는 하나였다. 아이돌로서 그대들의 모습을 볼 수 있었기 때문이다. 그래서 나는 타임머신을 타고 열다섯 그때 그 시절로 돌아간 듯, 오빠를 연신 외치는 소녀팬이 됐다.

나는 6집의 타이틀 곡인 '보통날'보다 후속곡인 '반대가 끌리는 이유(반끌)'를 더 좋아했다. 박자가 느린 노래보다는 빠른 걸 선호하는 편이었고 가사도 풋풋하니 사랑스러웠다. 무엇보다 그대들의 엉덩이춤이 귀여워서 좋아하는 노래였다. 하지만 6집 노래들은 보통날을 제외하곤, 셋 리스트에 오를 수 없는 노래들이었다. 그래서 콘서트 가기 전 떼창 준비를 하며 6집과 7집은 찾지 않곤 했다. 그랬던 나의 반끌을 콘서트에서 만나다니! 세상에, 기대에도 없던 일이 일어나서 꺅 함성을 내질렀다. 귀엽게 맞춰 입은 커플티며, 반끌의 포인트 엉덩이춤까지 다시 보다니, 행복했다. 그리고 바라는 것이 생겼다. 어떻게, 그 귀여운 무대 다섯이 같이는 안 될까?

이어서 캡틴의 솔로 무대가 시작됐다. 캡틴의 솔로 댄스에 비명 같은 함성을 질렀다. 이제는 '오빠' 소리가 낯간지러웠던 나였다. 그런 내가 캡틴의 솔로무대에 "오빠!" 소리가 절로 나왔다. 우리 리더, 우리 캡틴이 이 정도라고 동네방네 자랑하고 싶은 그런 무대였다. 댄서들을 가운데서 이끄는 그대의 모습은 말 그대로 캡틴 그 자체였다. 우리 대장, 무대에서 가장 멋있는 사람이었다. 내가 그대를 가장 좋아할 수밖에 없는 이유를 오늘 다시 눈으로 확인했다. 그대는 그대의 춤이 나이가 들었다고 말했지만, 그대는 누구도 그대의 나이를 생각하지 못할 멋있는 춤으로 무대를 꽉 채웠다. 나는 오늘 또 그대에게 반했다.

아이돌이라면 콘서트의 유닛, 솔로 무대로 팬들에게 수많은 떡밥과 짤을 양성하는 법. 그런 유닛 무대를 준비했다니! 오랜 팬은 우리 아저씨들 아이돌력 죽지 않았다며 감탄하고 또 감탄했다. 피터 팬의 네버랜드를 주제로 한 것부터가 이미 팬들을 사냥할 준비를 단단히 했다 싶었다. 머리띠와 액세서리로 귀여움을 장착한 그대들이 환상의 나라 네버랜드로 반짝반짝한 리프트를 타고 떠나는 모습을 아래에서 흐뭇하게 바라보고 있었다.

거기다 네버랜드 여정을 떠나기 전 손터팬[1]과 젠디[2]가 나누는 대화는 또 얼마나 사랑스럽던지. 여전한 둘의 호흡과 장난으로 가득 찬 그 대화 한 마디, 한 마디가 너무 귀여워서 어금니를 꽉 깨물게 했다. 귀여운 게 있으면 깨물어 주고 싶다고 하지 않나. 하지만 그대들이 연출하는 그 사랑스러운 모습을 깨물 수는 없으니, 나를 깨물었다. 그대들은 우리가 무엇을 좋아할지 정확히 알고 있는 것이 분명하다. 귀여움과 사랑스러움이 한도 초과한 그대들의 무대에 나는 완벽하게 사냥당했다.

그대들의 전성기 때는 수없이 했겠지만, 이제는 그대들이 나이를 떠올리며 멀리할 법도 했다. 그런데 현역 아이돌 못지않게 멋있고, 예쁘고, 귀엽고 다하는 무대를 만들어 줬다. 찍지 말라고, 올리지 말라고 호통치다가도 미간을 찌푸리며 진지하게 노래했다. 나의 첫 아이돌이자 마지막 아이돌인 그대들은 여전히 아이돌이었

---

1 손호영 + 피터팬으로. 피터팬으로 꾸민 손호영
2 윤계상 + 웬디로. 웬디로 꾸민 윤계상

다. 그대들의 평균 연령이 40대인 아저씨들이라도, 한 번 아이돌은 영원한 아이돌이라는 것을 증명하는 무대들이 아니었나 생각한다. 꿈속의 네버랜드처럼 환상적인 무대들을 보여준 그대들 덕분에 오늘 하루 나 역시 내 나이를 잊고 사춘기 소녀의 마음으로 공연에 푹 빠져 즐겼다.

Date. 2023년의 어느 날

그대들의 춤이 닿는 그날까지

지긋지긋한 산골 생활과 산처럼 쌓여가는 업무와 부담감에 선퇴사, 후 이직을 택했다. 공부도 체력이 있어야 한다는 생각과 산골짜기에서 하루에 8천 보, 만 보는 우습게 찍던 생활을 했기에 그 활동량은 유지해야겠다 싶었다. 그래서 도시의 본가로 돌아와서도 요가 매트를 깔고 유튜브를 보며 홈트레이닝 따라 하거나, 동네 공원에서 러닝을 하기 시작했다. 나름의 운동을 챙겨서 하고 있으니, 서른을 앞둔 20대 후반치고 건강 관리를 잘하고 있다고 생각했다.

그렇게 나름의 운동과 건강한 식단을 갖추려 애쓴 지 삼 년쯤 됐을 때, 어느 날 무릎이 고장 난 로봇이 됐다. 무릎 아래쪽의 뼈와 위쪽의 뼈가 서로 어긋나는 느낌이 들었다. 이번에 러닝을 뛰다가 뭔가 무리했나 보다 하고 넘겼지만, 시간이 지나도 무릎의 통증은 사라지지 않았다. 양쪽 무릎이 마치 나사가 잘못 끼워진 듯 매끄럽게 움직이지 않았다. 결국 버티고 버티다, 3주 만에 정형외과를 찾았다.

"연골연화증이라고 볼 수 있겠네요. 여기 사진 보시면, 이 동그란 뼈 보이시죠? 이게 지금 다른 사람들보다 좀 내려가 있어요. 그래서 말씀하신 뼈와 뼈가 안 맞는 것 같이 부딪히는 느낌이 들었던 거예요. 이걸 완화하려면 이 뼈 주변의 근육을 키워서 근육이 뼈를 당겨 올릴 수 있게 해야 해요. 헬스장 다녀요? 헬스장 가면 레그 익스텐션이라고 있어요. 다리 쭉 뻗어서 내렸다 폈다 하는 거. 그런 운동 하면서 근육을 좀 키우세요. 일종의 운동 부족입니다."

병원에 가기 전, 검색을 통해 찾아봤던 병명 중 하나였다. 하지만 연골연화증은 운동을 과하게 할 때나 오는 병 같아서 나는 아닌 것 같은데 했었는데…. 연골연화증이라니? 가뜩이나 몸치에 운동과 가깝지 않은 내가 혼자 운동하다가 더 다칠까 봐, 결국 PT와 함께 헬스장을 등록하며 관리에 들어갔다.

처음 인바디를 할 때, 근육량이 7kg이나 늘어야 표준이라는 말에 쉽지 않겠구나 싶었다. 하지만 이렇게까지 근육이 안 붙을 줄은 몰랐다. 운동을 시작한 지 일 년이 지났지만, 늘린 근육은 고작 2kg뿐이다. 운동하는 건 그래도 습관이 돼서 재밌는데, 문제는 식단이다. 조금 근육이 붙었나 싶다가도, 식단을 게을리하는 순간 스르륵 빠져나가는 근육량이었다. 스트레스받으며 운동하기는 싫어서 결국 식단은 느슨하게 하고 있는데, 그 결과 체지방이 늘어나는 속도는 토끼요, 근육이 붙는 속도는 거북이다. 늘지 않는 근육과 지지부진한 인바디 결과에 '그냥 건강한 돼지가 되자.'라는 마음으로 자포자기하며 운동을 이어가고 있었다.

그런데 'ON' 콘서트와 'ㅇㅁㄷ지오디', 'Masterpiece' 3연속 콘서트에 출석하며, 포기와 체념의 길을 걷던 나의 운동에 새로운 목표가 생겼다. "40대까지 스탠딩 뛸 테다!" 2023년, 무대 위 그대들의 평균 연령이 46.8세. 무대 아래 스탠딩을 뛰는 나의 나이가 32세. 하지만 무대 위의 그대들을 보면, 저게 어딜 봐서 40대와 50대의 모습인가 싶었다. 나도 아직 힘들지는 않지만, 그대들이 나보다 더 팔팔해 보이는 것에 뭔가 지는 기분이 들었달까. 무대에서 춤추고 노래까지 하는 것이 더 힘든 것이 분명함에도, 가수 경력 25년에서 오는 체력과 몸은 다르긴 다르구나 싶었다.

그래서 희한한 승부욕과 함께 목표를 세웠다. 내가 인생에서 처음으로 그대들을 보러 갔던 'god is back' 콘서트 당시에 우리 캡틴의 나이가 37세였더라. 그런 캡틴이 55세인 지금까지 무대에서 솔로무대로 댄스를 선보이고 있다. 그렇다면 나는 37과 55세의 중간 지점인 46세까지는 그대들의 콘서트를 스탠딩에서 즐기겠다는 목표가 생겼다.

그대들은 20년이 훌쩍 지난 지금까지도 무대에서 춤을 추며, 타임머신을 타고 시간 여행이라도 떠난 듯이 그때 그 시절의 무대를 보여준다. 그대들이 무대에서 춤을 출 수 있다면, 나는 스탠딩에서 그대들과 함께 놀 수 있는 상태여야 한다는 이상한 의무감과 책임감이 생겼다. 이제는 그대들도 우리의 건강을 기원할 만큼, 우리의 나이도 스물다섯 살이나 늘었다. 서로 건강을 챙기며, 오래오래 함께 하자는 마음을 지키고 싶다. 그대들의 춤이 닿는 그날까지, 그대들의 노랫소리가 울려 퍼지는 어디에서든, 나는 변하지 않는 모습으로 그대들과 함께 뛰놀고 싶다. 그렇게 팬심으로 의지를 불태우며, 오늘도 나는 헬스장을 향한다. 우리, 정말, 오래오래 같이 놀자.

Date. 2023년 11월의 어느 날

소심한 이모의 육아일기

2022년 1월의 어느 날,

[언니! 아직 어른들한테는 말하기 전인데, 언니한테는 미리 말한다!]
[나 임신했어ㅋㅋㅋ언니 이모 된다ㅋㅋㅋㅋㅋ]

1월의 어느 날, 3월에 결혼을 앞두고 있던 친동생 같은 사촌 동생이(이하 동생) 임신 소식을 폭죽처럼 터뜨렸다. 한 3초간은 어리둥절했다. '내가? 내가 갑자기 이모? 으잉?' 그래서 축하가 먼저 나가야 하는데 놀란 나머지 작동 오류로 놀란 반응이 더 먼저 나가버렸다.

[어? 뭐야ㅋㅋㅋㅋㅋㅋㅋㅋㅋ헐…이모라니….]

[축하해♡ 결혼 전에 귀한 선물이 들어왔네!]

그렇게 동생이 철부지 어른이에게 '이모'라는 호칭을 선물했다.

처음 조카를 보러 동생의 신혼집에 갔던 날, 내 첫마디는 "헐, 뭐야, 이 쪼그마한 건!"이었다. 거실 한가운데 누워있는 작은 생명체 하나. "아기가 원래 이렇게 작은 거야?"라며 조카를 향한 두 번째 소감을 내뱉었다. 아기가 이렇게 작을 거라곤 생각해 보지 못했다. 2.3kg으로 작게 태어난 내 첫 조카를 호기심 어린 눈으로 가만히 쳐다봤다. 이 작은 몸에 손가락, 발가락이 5개씩 다 달린 것이 신기했다.

그런 내 반응이 웃기는지 낄낄거리며, 낯가림 생기기 전에 안아보라며 동생은 권유했다. 그런데 난 소스라치게 놀라며 거절했다. 아직 바깥은 코로나의 세상이었기에 혹시나 내 몸 어딘가의 균이 이 작은 생명체에게 옮겨갈까 봐 다가가기조차 무서웠다. 움직이는 걱정 인형인 나는 내가 자칫 녀석을 떨어뜨리기라도 할까 무서워서 손사래를 치며 뒷걸음질 쳤다. 아직 세상에 대한 면역이라고는 전혀 없는 순수 그 자체의 작은 생명체, 내 조카와의 첫 만남에 나는 그저 눈에 담기 바빴다. 그리고 조금 용기를 내서 손과 발만 만지작거리며 조카의 이름을 불러봤다. "제니야, 안녕?"

2023년 11월의 어느 날,

나의 삶에 등장한 첫 번째 아기가 제니였다. 그래서 요 녀석이 날 보고 웃어줬으면 좋겠는데, 당최 아기랑은 어떻게 놀아줘야 할지 모르겠더라. 한두 달에나 한번 보는 낯선 얼굴이라, 낯가림이 생기고 나서는 본의 아니게 제니를 울리기에 바빴다. 아무래도 이 녀석과 웃으며 놀려면 4살은 넘어서 말로 소통을 좀 할 수 있을 때가 되어야겠다고 자포자기했다. 조카의 사랑과 관심을 받기에는 나는 물리적으로도 먼 사람이고, 발랄함과도 거리가 먼 사람이었다.

그런 내가 마스터피스 서울 콘서트 이후, 콘서트 후유증에 시달리며 파고든 옛날 영상이 "god의 육아일기"였다. 처음엔 그저 그대들의 풋풋한 모습과 장난치는 모습에 낄낄거리며 봤다. 그런데 보다 보니 당시의 재민이가 지금의 내 조카의 개월 수랑 크게 차이가 나지 않는 것 같더라. 그래서 그때부터 그대들의 행동을 관찰했다. 왕엄마가 재민이를 어떻게 안는지, 왕아빠가 몸으로 재민이랑 놀아줄 때는 어떻게 하는지, 둘째와 셋째가 재민이랑 무슨 장난을 치며 노는지, 그리고 장난은 어느 선까지 치는 것이 좋을지를 말이다.

그대들이 지금의 나보다 어릴 때였는데, 어떻게 재민이의 반응과 표정을 저렇게 잘 읽고 놀아주는지 신기했다. 나는 조카가 어렵기만 한데, 그 시절 그대들은 어떻게 아기랑 저렇게 호흡을 맞춰 놀 수 있는 걸까. 그대들의 옛 영상을 보면서 그대들이 건네는 말과 장난을 재민이가 어디까지 이해하고 반응하는지를 살폈다.

특히 내가 가장 겁내던 아기 안기를 제니가 더 크기 전에 꼭 해 봐야겠다 싶어서, 화면을 일시 정지 해가면서 자세히 관찰했다. 어딜 받치고 안아야 할지, 어떻게 안아야 아기가 버둥거리지 않는지를 꽤 진지하게 관찰했다. 그리고 여자인 내가 따라 하려면 팔을 어떻게 해야 좋을지를 고민해 봤다. 프로그램 중간중간에 나오는 육아 상식 자막도 꼼꼼히 읽었다. 아기의 발달 상태에 대한 짤막한 설명이 나와서, 나 같은 '아기 몰라' 유형의 사람에겐 큰 도움이 됐다. 어쩌다 보니 나는 팬질하다 말고 조카에게 관심받는 이모가 되기 위해 공부하고 있었다.

몇 주 뒤, 연차를 내고 우리 집 아이돌 제니를 만나러 갔다. 제니의 낯가림은 여전했지만, 못 본 사이 쑥 커버린 만큼 호기심도 늘어났다. 낯선 사람을 봤다고 엄마 품에 안겨 울다가도 내가 동생 뒤로 쏙 숨어버리니, 궁금은 했는지 연신 고개를 돌려 나를 찾았다. 그 모습이 어찌나 귀엽던지 한참을 그렇게 숨바꼭질 놀이를 했다. 내가 '육아일기'에서 봤던 그대들을 떠올리며, 최대한 조카의 반응을 섬세하게 관찰하고 맞춰주려고 애썼다. 다행히 시간이 지나고 낯가림이 해제됐다. 비록 뽀로로 문이랑 놀다가 문전박대도 당했지만, 꿋꿋이 원숭이 손 인형으로 칭얼거리는 제니를 달랬다.

이가 나기 시작해서 요즘 예민한 것 같다는 동생의 말대로 제니는 잘 놀다가도 돌연 울음보를 터뜨리려고 했다. 정말이지, 아가들은 알다가도 알 수 없는 고양이 같은 생명체다. 제니는 잠시도 엄마와 떨어지기에 싫었는지, 잠시 집안일을 하는 동생을 엉금엉금 기어서 쫓아다니며 칭얼거리기에 바빴다. 그런 제니를 잠시 바라보다가, 안아 올리면 좀 멈추려나 싶었다. '육아일기'에서 내가 봤던 모습을 열심히 머리로 다시 그려보면서 말이다.

엄마처럼 안정감 있게 안지는 못했지만, 그래도 높은 공기가 더 좋았던 건지 잠깐이라도 그 칭얼거림을 멈추더라. 하지만 크게 마음먹고 안아 올린 조카는 이제 옛날의 2.3kg이 아니었다. 쑥 늘어난 몸무게에 혹시 놓칠까 무서운 이모는 쩔쩔매며 둥가둥가 리듬을 탔다. 아기의 울음도 멈춰야겠고, 안전도 해야겠고 긴장감 넘치는 조카와의 첫 포옹이었다.

소심한 이모라서 첫 조카를 향한 사랑을 표현하고 싶어도, 겁이 나서 못 했던 날들이었다. 이모가 되고 나서 다시 본 그대들의 '육아일기'는 나에게 육아 입문서였다. 아직 말도 못 하고 알아듣지도 못하는 아기랑 어떻게 놀아야 하는 지를 가르쳐줬다. 조카는 기억하지 못하겠지만, 나의 겁을 떨쳐내고 조카와의 사랑스러운 기억을 하나 더 만들 수 있게 해 줬다. 난 신기하게도 그대들에게서 항상 무언가를 배워간다. 오늘은 그대들에게 육아를 배웠다. 아이를 들어 올리게 될 때는 천장을 꼭 조심해야 한다는 사실을 새겨들으면서 말이다.

Date. 2023년 12월의 어느 날

함께 세월을 걷는다는 것

"와, god 아직 활동하는구나! 장수돌이네."

그대들이 아이돌계의 워너비로 장수돌이라면, 우리는 KBS 대기획에 콘서트를 올린 아이돌의 팬덤으로 팬덤계의 워너비가 됐다. 이십 년이 넘는 시간이 흐를 동안, 건재하여 팬들에게 그때 그 시절을 추억할 수 있게 해주는 것은 현재의 팬에게든, 과거의 팬에게든 무척이나 대단한 일이 된 요즘이다. 어리고 풋풋한 그때의 마음과 추억을 다시 떠올렸을 때, 고개를 가로젓는 후회가 아니라 따뜻한 마음으로 "그땐 그랬었지."를 떠올릴 수 있으니까. 갓 나온 쿠키를 한 입 베어 물어 버터 향의 감미로움에 취하듯, 그 따뜻함에 감탄하듯, 그렇게 그대들은 나를 옛 기억에 취하게 만든다.

"결혼 축하해요!"

연애설의 낌새라도 들으면 하루 종일 우울하던, 콘서트에서 여자 댄서와 춤추는 것만 봐도 빼액 소리 지르던, 그 소녀는 이제 어느덧 그대들의 결혼 소식을 축하할 수 있는 어른이 됐다. 가장 먼저 가장이 된 막내를 보며 축하했고, 포기한 건가 싶었던 캡틴의 결혼 소식에 박수치며 환영했다. 잠시 잠잠하던 찰나에 짝꿍을 찾았다는 둘째의 소식에 웃음 지었다.

그리고 화면 속 남은 둘을 향해 나도 듣기 싫을 결혼 잔소리를 하는 팬이 됐다. "거기 남은 오빠 둘, 결혼 생각이 없는 게 아니라면, 빨리 가요. 지금 가서 아기를 낳아도 애가 학교에 가면, 이미 오빠가……!" 삼십 대의 반열에 오른 팬은 자기 결혼에는 관심이 없어, 어느새 내 오빠들의 결혼을 걱정하며 기다리고 있다.

왕엄마로 이름 날리던 넷째의 '신랑 수업'을 보며 낄낄거리던 어느 날이었다. 막내와 함께 간 비뇨기과 에피소드에서 24년 차 팬은 너털웃음을 지었다. 팬질을 오래 하면, 내 오빠의 정자 점수도 알 수 있구나. 우리 정말 가족 같은 사이가 됐구나 싶었다. 있지, 근데 아무리 오랜 팬이라도 내 가수의 성욕 감퇴까지는 알고 싶지 않았어. 남성 갱년기와 잉태 능력 진단을 함께 보게 될 줄이야. 참, 오래 팬질하고 볼 일이다.

남성 호르몬 수치로 박수받는 내 가수를 보면서, 그대의 신체 나이가 30대임을 같이 축하하는 나도 웃기고 말이다. 벌떡 일어나서 검사지로 빨려 들어갈 것 같은 상위 5%의 그대의 모습에 피식피식 웃음이 났다. 팬들의 마지막 오빠로 안 남아도 되니까, 그리 좋으면 얼른 가라! 이제는 그대들의 과거 연애 얘기도 같이 웃으며 볼 수 있는 으른 팬이 됐으니까, 진심으로 축하해줄게.

"아프지 마, 건강해야 해!"

콘서트장에서 서로 나누는 인사말이 달라졌다. 콘서트에서 그대들이 우리에게, 우리가 그대들에게 전하는 말 속에는 "건강하자"가 하나의 인사말이 됐다. 25년이란 시간이 흐르며 셋째는 이제 염색해서 흰머리를 가린다고 했듯이, 머리가 하얗게 세는 친가의 유전자를 타고난 나 역시 나이의 앞자리가 바뀌며 새치염색과 함께 살아가고 있다. 그렇게 우리가 함께 걸어온 세월을 체감한다.

마스터피스 부산 콘서트 티켓의 취소 수수료 20%의 마지막 기한을 사수하기 위해 점심시간에 티켓을 들고 가산디지털단지로 뛰었다가 돌아오는 길이었다. 그렇게 종종걸음으로 빠르게 회사로 걸음을 옮기던 중, 맞은 편에서 쨍한 주황색 후드티를 맞춰 입으신 듯한 네 명의 아주머니를 마주했다.

우리 엄마 또래의 그분들은 똑같은 비닐봉지를 들고 계셨고, 반대편 손에는 응원봉을 들고 계셨다. 후드에 쓰여 있던 이름 또는 애칭이 잘 기억나지 않지만, 트로트 가수였던 것 같다. 연신 신난 모습으로 하하 호호 깔깔 떠들며 옆으로 지나가셨는데, 그 모습에 뒤돌아보지 않을 수 없었다.

'팬질에 나이란 없다.' 한 문장이 머리를 스쳤다. 팬질에 국경의 경계가 흐릿해진 지금, 나이의 경계 역시 함께 흐려지고 있다는 것을 깨달았다. 마치 내 미래를 보는 느낌이어서 사무실에 들어가야 하는 발걸음을 멈추고 바라보게 됐다. 나도 40대, 50대가 되어서도 저렇게 하늘색 후드를 입고 한 손에는 하풍봉을 들고 그대들을 향할 것 같은데 말이야.

그리곤 우리의 인삿말이 떠올랐다. "아프지 말고 건강해야 해!" 우리는 오늘도 서로의 건강을 챙기길 당부하고 또 당부한다. 장수돌과 장수팬덤으로서 우리는 오래오래 봐야 하니까 말이다.

"우리는 서로의 타임머신"

부산의 마지막 마스터피스 콘서트에서 캡틴이 말했다. "25년 동안, 얘네들이 껍질만 두꺼워진 거지. 안에는 아직도 애야. 아직도 그 어렸을 때 그대로야." 맞다, 우리의 팬심을 언제고 그때 그 순간으로 돌아가게 만드는 그대들은 우리의 타임머신이다.

그대들은 우리가 지금의 나이를 잊고 그때 그 나이로 돌아가게 만든다. 함께 걸어온 그 세월을 거슬러 우리는 그때 그 순간에서 만난다. 그 순간 속에서 그대들은 언제나 20대, 30대의 오빠들이고, 나는 언제나 10대의 소녀 팬이 되어 만난다.

그리고 그때와 같은 함성과 응원으로 그대들을 맞이하는 우리가 그대들에게도 타임머신이지 않을까. 우리를 통해 그대들도 그때 그 순간으로 돌아가 신나게 무대를 즐기는 듯하다. 우리가 함께 세월을 걷는다는 것은 서로의 타임머신이 되어주는 것과 같다. 그대들의 목소리와 몸짓이 타임머신이 되어 그대들은 언제나 아이돌일 것이고, 나는 언제나 그 소녀팬 중 하나일 것이다.

앞으로 우리의 움직임이 과거가 아니라
계속 찬란한 순간이 되도록 해줄게
- 김태우 -

그대들이 만드는 찬란한 모든 순간을
하늘색 별빛이 되어 함께 할게

Date. 2023년 12월의 어느 날

팬질에도 자유는 오는가

팬질에도 자유는 오는가. god라는 다섯 남자를 향한 팬질이자 덕질 외길 인생, 지나온 시간과 흐르고 있는 시간을 통틀어 완벽하게 자유로운 팬질은 없는 것 같다고 생각하는 요즘이다. 미성년자 딱지를 붙이고 있던 학생일 때는 기본적으로 부모님의 허락이 필요했고, 지금도 부모님에게 의존해야 했다. 그러니 나의 덕질이지만 내 의지로 할 수 있는 것은 돈 안 드는 온라인에서의 자료 저장과 활동이 주였다. 물론 정확히 따지면 그것도 전기요금과 통신비가 들지만 말이다. 그뿐인가 통금이라는 시간적 한계도 있으니, 양적으로, 질적으로 내가 팬질에서 포기해야 하는 것들이 넘쳐났다.

주민등록증을 당당하게 내밀 수 있는 20대 대학생이 되고 나서는 미성년자일 때보다는 나아지긴 했다. 법적으로 술도 마실 수 있는 나이, 이제는 막차가 끊기면 택시를 타고서라도 들어가기만 하면 됐다. 여전히 부모님에게 용돈을 받는 학생이긴 했지만, 그 용돈의 금액은 먹은 나이만큼 커져 있었다. 미성년자 때 받던 돈보다 0이 하나 더 붙었으니까 말이다. 그뿐인가, 이제 아르바이트하며 스스로 돈을 벌 수 있었다. 편의점, 빵집, 과외, 학원을 전전하며 나의 여가와 쇼핑에 들어가는 부수적인 돈은 직접 벌어서 쓰면 됐었다.

하지만 나는 여전히 학생이고, 부모님의 집과 경제력에 빌붙어 사는 한 마리의 빈대였다. 돈과 시간을 펑펑 쓰고 다니기에는 부모님의 시야 아래 있기에 '적당히 눈치껏' 해야 부모님의 잔소리를 피할 수 있었다. 법적인 성인이었으나, 완벽하게 자유롭게 결정을 내릴 수는 없는, 여전히 통제 아래 있는 경계성 어른에 불과했다.

그리고 30대, 정기적인 수입원이 있는 직장인이 됐다. 콘서트 정도는 마음껏 예매할 수 있다. 용돈 모아서 사던 DVD와 옛 물품도 이제 마음만 먹으면 실컷 살 수 있다. 이제는 하나는 보관용, 하나는 개봉용으로 두 개씩 사고 싶은 마음을 억누르지 않아도 된다. 내소유는 아니지만 가족을 떠나 독립된 공간에 거주하는 1인 가구세대주가 됐기에 더 이상 나의 외박과 늦은 귀가를 알릴 대상이 없어졌다. 부모님이라는 눈치 볼 대상이 사라진 것은 가장 큰 제약이 허물어진 것이었다.

그러나 나의 덕질은 여전히 자유롭지 못하다. 내가 나를 책임져야 하는 1인 가구의 가장이기에 당장 내가 하고 싶은 것만을 생각하며 살 수 없다. 내가 무너지면 가정이 무너지는 1인 가구이기에, 스스로 미래를 계획하며 저축하고 소비할 줄 알아야 한다. 그래서 콘서트 7번을 모두 가고 싶은 마음이 샘솟아도, 그 마음을 냉각시켜야 한다. 당장 이번 달의 저축을 포기하며 내 집 마련과 또 한 걸음 멀어질 수는 없으니까 말이다. 당장 운동을 위한 헬스장, 건강한 식단을 위한 과일과 채소, 스트레스를 풀기 위한 친구들과의 카페를 모조리 포기하는 척박함은 견디기는 힘드니까 말이다. 그래서 나의 생활을 영위하면서 팬질의 즐거움도 챙길 수 있는 그 선을 지키려 애쓴다.

하지만 팬의 비이성적인 계산법은 늘 이성과 싸우고 있다. 배달 음식의 배달비는 삼천 원도 아까워하면서, 그대들을 좀 더 가까이에서 보기 위해 스탠딩 번호를 당기는데 들어갔던 이천 원의 예매 수수료는 아주 껌값으로 생각한다. 2023년의 마지막 날을 그대들과 보낸다는 특별한 의미가 있던 부산의 마스터피스 콘서트는 스탠딩 번호에 욕심을 냈고 그렇게 무른 수수료와 배송료만 오만 원은 될 것이다.

그대들을 위한, 결국 그대들에게 들어가는 돈에는 유독 둔감해져선 감정이 지배하는 계산법을 적용한다. 어차피 누군가 가져갈 내 돈이라면, 내가 좋아하는 사람들이 가져가는 게 낫지 않을까?

그렇게 감정이 앞선 계산법에 정신을 놓기에 일보 직전에, 간신히 이성이 찬물을 끼얹으며 말한다. "그 오만 원이면, 십 일 치의 음식 재료비다." 그제야 이성이 스멀스멀 간섭하기 시작한다. 그렇게 간신히 감정과 이성 사이에서 아슬아슬하게 소비의 선을 지키는 1인 가구의 팬질 인생이다.

독립의 자유와 경제력을 갖춘 어른이 됐어도 팬질의 자유는 아직 머나먼 꿈이다. 나의 사랑스러운 공간은 7평 남짓의 아담하기에 그지없는 원룸이기에 본가에 가는 날이면 나는 커다란 쇼핑백에 그동안 사 모은 것을 주섬주섬 담는다. 그리곤 낑낑대며 내 소중한 팬질의 보물들을 본가의 내 방으로 옮긴다. 이제는 내 방보다는 창고에 가까운 그 공간에 그간 쌓인 먼지를 닦아내며 새로운 수집품을 소중히 정리한다. 통금과 허락을 벗어나 자유를 얻은 어른이 됐지만, 새롭게 등장한 공간의 제약으로 여전히 2% 아쉬운 팬질을 하고 있다.

아무리 생각해도 20년이 넘은 팬질 인생에 오지 않은 자유는 여전히 올 생각이 없는 것 같다. 이런 소식은 무소식이 희소식이 아닌데, 참 야속하게도 그 어떤 기미도 보이지 않는다. 복권이라도 당첨돼서 당장 억 단위의 돈이 든 통장이 생긴다면 모를까 말이다. 이번 생에는 완전한 자유란 없는 팬질과 함께할 운명이라 체념하며, 오늘도 최애 적금에 돈이나 넣으러 간다.

Date. 2023년 12월의 어느 날

크리스마스의 악몽

　　닭가슴살처럼 퍽퍽한 현실을 살던 12월이었다. 회사에서는 나름 기대했던 프로젝트에 배치받지 못했고, 내가 원치 않는 경우의 수만 잔뜩 받게 됐다. 이 고난의 12월을 버티기 위해 바라볼 무언가가 필요했다. 이 스트레스를 가라앉혀 지속 가능한 직장인의 삶을 계속하게 해 줄 탈출구 말이다. 그때쯤부터 대구와 부산 콘서트의 예매 창을 기웃거리기 시작했다. 지방 콘서트를 갈지 말지 정하지 못한 채, 예매를 했다가 취소하기를 수없이 반복했다.

　　결국 길고 긴 고민 끝에 부산에서 그대들과 올해의 마지막 날을 보내겠다고 마음을 먹었다. 그리고 그때부터 나의 자발적 고난 길은 시작됐다. 생애 첫 지방 콘서트, 이번 공연의 진짜 마지막 콘서트, 거기다 2023년의 마지막 날. 이 세 가지가 내 욕심을 자극했다. 올해의 마지막 날인 만큼 즐겁게 보내며 일 년간 고생한 나에게 보답이 되는 하루가 되길 바랐다.

그래서 표를 배송받은 이후에도 그놈의 전진병[1]을 앓고 또 앓았다. 고민만 하다 흥청망청 시간을 보냈으니 처음 예매한 500번 중반대의 번호가 최선일 줄 알았다. 그런데 웬걸? 표는 이미 내 손에 도착했는데 계속해서 400번 대, 300번 대, 200번 대가 두더지 게임처럼 튀어 오르는 것이다. 고민 하나가 끝나니, 수수료를 물고 앞 번호로 전진할 것인 지의 새로운 고민이 시작됐다. 예매 수수료, 취소 수수료, 배송비 등을 계산하는 사이, 또 나는 결정을 못 해 버리고 줍고를 다시 반복했다. 좋게 말하면 그대들을 조금이라도 더 가까이서 보겠다는 집념이었고, 나쁘게 말하면 미련이자 집착이었다.

그러던 25일 크리스마스였다. 크리스마스이브 저녁부터 집순이가 한 일이라곤 먹기, 영화 보기, 그리고 인터파크 들락거리기가 전부였다. 그래서 오후는 좀 활동이란 걸 해보자며 공원으로 향했다. 워치의 걸음 수 채우기에 열을 올리던 중, 잠시 쉬던 때에 또 미련을 못 버리고 인터파크에 들어갔다. 그리고 그때 197번의 영롱한 포도알을 발견했다. 누가 결제 중이라 할지 무서워 후다닥 무통장 입금으로 그 포도알을 잡았다.

1 　한 줄이라도, 한 번호라도 앞당기고 싶어 예매창을 벗어나지 못하는 예매 철 한정 팬의 질환

이것이 바로 크리스마스 선물인가! 당장 공원에서 폴짝거리며 춤이라도 출 기세인 흥분을 간신히 몸 안에 가둬뒀다. 이제는 들어가서 이 귀한 포도알을 결제하고 내 걸로 만들면 완벽한 크리스마스였다. 집에 오자마자 따뜻한 카모마일 차를 탔고, 선물 받은 생강 쿠키를 꺼내 자축을 준비했다. 그리고 고민 중이던 300번 후반대의 자리를 쿨하게 놓아줬다.

아니, 그런데 300번 후반대에 내가 포인트를 7천 원이나 썼던 게 아닌가? 취소하며 돌아온 포인트를 써서 머릿속 계산기의 마이너스를 줄여볼까 싶었다. 이전에도 200번 대 포도알을 취소했다가 바로 다시 잡으며 고민의 시간을 연장했던 경험이 있었다. 그래서 이번에도 당연히 될 거로 생각하며 내 귀한 포도알을 잠시 주머니에서 뺐다가 재빨리 다시 주우려 했다. 그리고 그때, 크리스마스의 악몽이 시작됐다.

예매 대기. 귀한 포도알을 득했다는 흥분에 이 신문물의 존재를 잊었다. 내 귀한 포도알은 주머니 밖에 꺼내놓기 무섭게 대기자를 향해 굴러갔다. 사람이 너무 놀라면 얼지 않나, 내가 그랬다. 뇌 정지가 온 것 같았다. 내 인생 번호를, 내 크리스마스 선물을, 내 발로 걷어찬 격이었다. 천국에서 방방 뛴 지 불과 30분 만에 지옥행 호수에 스스로 몸을 던졌다. 공휴일이 아니었다면 고객센터에 당장 전화해 울며 매달리고 싶은 심정이었다. 다른 표와 착오한 실수라고 간절하게 빌기라도 했을 거다. 하지만 그날은 25일, 성탄절, 빨간날이었다. 카모마일 차와 생강 쿠키를 먹으며 해리포터나 마저 보고 따뜻하게 크리스마스를 마무리하려 했던 계획은 산산이 조각났다.

틀어놓은 해리포터는 그저 흐르는 화면일 뿐, 몰입할 수 없었다. 내가 살면서 제일 고통스러울 때가 있다면, 바로 원망하고 탓할 대상이 나 자신밖에 없을 때다. 오롯이 내가 저지른 일이라서 나 홀로 감당해야 할 때, 억지로 남 탓, 환경 탓으로라도 돌려서 애써 자기 위로조차 하지도 못할 때 말이다. 그리고 이 순간이 정확히 그 순간이었다. 서버도 멀쩡했으며, 앱은 오류도 없이 깔끔했다. 그렇게 크리스마스의 끝을 잡고 나는 자책의 늪에 빨려 들어가고 있었다.

이번에 호되게 당하며 몇 가지를 깨달았다. "팬질 앞에 계산은 무의미하다. 계산할 시간에 지르는 것이 무조건 이득이다." 돈을 쓰고 마음을 편하게 하는 것이 최선이라는 것을 너무 늦게 알았다. 감히 그대들을 두고서 계산기를 두드린 벌을 받는 것 같았다. 계산적인 팬심에 하늘이 노하여 여의주 같은 포도알을 도로 가져갔나 싶었다. 수없이 많은 앞번호를 날리고서야 이 주옥같은 진리를 얻었다. 그래, 어차피 누군가 가져갈 내 돈이라면, 차라리 내가 사랑하는 그대들이 가져가게 하자.

Date. 2023년 12월 31일

조각 원정대, 그 마지막 이야기

내 인생 첫 지방 콘서트인 부산 마지막 콘서트를 향하는 아침, 묘한 설렘으로 부산까지 내려가는 KTX 안에서 눈을 붙이지 못했다. 그대들이 예고한 스모크 챌린지와 서울과는 조금 다를 부산 콘서트의 모습이 어떨지 기대됐다. 팬카페에 올라온 어제 공연의 후기를 읽으니, 어깨가 아프다는 캡틴의 소식이 있었다. 오늘이 마지막 공연이라고 빡세게 놀자는 그대의 인스타그램 속 말에도 나는 걱정이 먼저였다. 그럼에도 내가 그대를 위해 할 수 있는 것이 있다면, 어느 때보다 신나게 놀고 즐기는 모습을 보여주는 것이 아닐까싶었다. 그대의 팬인 내가 달리 해줄 수 있는 게 무엇이 있겠는가. 그래서 안타까운 마음은 접어두고 31일, 그대들의 마지막 여정을 나의 자리에서 불태울 준비를 했다.

저, 그런 사나운 팬 아닙니다

스탠딩 입장 후 이어지는 한없이 긴 대기 시간, 그저 무난하고 지루하게 기다리고 싶었는데 그러지 못했다. 옆옆 자리쯤 서있던 사람이 "죄송합니다, 좀 지나갈게요. 일행이 앞에 있어서요."라는 말로 앞으로 파고들려 했다. 번호순으로 입장하기에 앞번호일수록 공연을 볼 위치를 잡는 데 유리한 것이 스탠딩이다. 그런데 주변에서 아무도 지적하지 않자, 문제의 인물은 침묵과 무관심을 암묵적 동의라고 생각했는지 파고들 태세를 취했다. 앞서 말한 "죄송합니다." 한 마디가 누군가의 안전을 위협할 수도 있는 본인의 행동과 모든 문제를 해결하는 마법 같은 주문이었나 보다.

아마 침묵한 모두가 비슷한 마음과 생각이지 않았을까 싶다. 그저 다들 얼굴 붉히기에 싫고 불편해지기에 싫은 것이 아니었을까. 평소 같았으면 속으로 욕하고 혀를 차고 말 테지만, 나는 이 번호를 위해 갖은 마음고생과 수수료를 물고 온 사람이라 결국 소리를 냈다. "스탠딩으로 오셨으면 입장한 번호로 끝인 거지. 누가 그런 식으로 앞으로 가요." 내 말에 변명하던 문제의 인물은 "입장하셔서 자리 잡은 위치에서 보는 게 스탠딩이잖아요."라고 덧붙여준 내 옆자리 사람의 말에 포기하고 얌전해졌다. 빠른 번호가 아니었던 탓에 팬들만 있는 것이 아니었다. 그래서 자칫 나만 예민한 사람으로 비칠 이 상황이 나도 불편했다. 그런데 누군가 불편할 얘기를 하는 것에 함께해 줘서 고마웠다. 불편함을 불편하다고, 잘못된 것을 잘

못됐다고 말하는 것에도 용기가 필요한 요즘이니까 말이다.

해프닝 이후 잠시 지켜보니, 함께 얘기해 준 분 주변으로 커플이 많아 키 큰 남성 관객이 이중벽으로 둘러져 있었다. 나름 몇 번의 스탠딩을 뛰며 체득한 스킬이 있다면, 가급적 중앙보다는 펜스 가까이가 낫다는 것이었다. 펜스를 바로 잡고 못 서더라도, 펜스의 발판이라도 밟으면 2~3cm라도 높은 시야를 얻는 것이 생각보다 큰 차이를 준다. 그리고 콘서트가 시작되면 타인과 엉겨 붙으며 스탠딩은 인간 파도 풀이 되기 십상이다. 물론 파도 풀을 잘 타 앞으로 갈 가능성도 있지만, 그만큼의 불쾌감도 감수해야 한다.

그런데 때마침 내가 밟고 서있던 펜스의 발판에 한 사람분의 자리가 나 있었다. 그래서 그분을 한 번 힐끗, 그 인근의 사람들을 힐끗, 그리고 다시 그 자리가 여전히 남아 있는지 힐끗, 수없이 눈치를 보며 말을 걸지 말지 고민했다. 그리곤 핸드폰 메모장에 "오지랖이라면, 죄송합니다."로 시작하는 메모를 구구절절 적어선 슬쩍 보여드렸다. 다행히 내 제안을 거절하지 않으셨다. 부디 그분의 확률 게임이 성공적이었던 거였으면 좋겠다. 내 나름의 감사 표현이 즐거운 콘서트로 이어졌길 바란다.

나란 사람, 그렇게 까칠하고 예민하기만 한 팬 아니다!
착한 사람의 그 선함에는 먼저 꼬리 흔들 줄 아는 사람이다!

오늘, 미쳐야지!

막콘 중에 막콘은 진짜 마지막 콘서트(찐막콘)를 언젠가 가겠다고 다짐했는데, 오늘이 그날이었다. 어차피 오늘 이후로는 혼자 부산 여행하는 것이 전부였으니 목소리 쓸 일도 없겠다, 목이 터지라 소리치고 호응할 작정이었다. 그래서 공연이 시작되자마자 있는 힘껏 따라 부르고 소리쳤다. 내 목소리는 수많은 목소리에 묻혀 그대들에게 닿지 않아도 좋았다. 닿지 않을 것을 알면서도 있는 힘껏 응원하는 게 팬의 마음이다. 어제의 호응을 아쉬워했다는 그대들이었기에, 마지막 공연으로 그 아쉬움을 깨끗이 잊어내게 해주고 싶었다.

31일 공연은 예매를 늦게 하며, 스탠딩 번호가 400번 대였다. 아무래도 시야 확보도 힘들 번호라서 핸드폰은 넣어두고 공연을 온전히 즐기리라 다짐했다. 그런데 결국 나는 내 다짐을 고이 접었다. 나의 최애, 우리 캡틴의 솔로무대는 참을 수 없었다. 대구 공연에서도 노래를 한 것을 봤는데, 우리 캡틴이 노래하는 모습을 직접 보고 듣게 된 이 순간을 놓칠 수 없었다.

기록 광인은 그대의 모습이 찍히지 않더라도 목소리라도 녹음되니까라는 위안으로 결국 핸드폰을 빼 들었다. 그대의 낮은 목소리가 부르는 노래가 참 좋았다. 잠시 눈을 감고 오롯이 그대의 목소리만 감상하며 시끌벅적한 스탠딩에서 혼자 감미로움을 즐겨보기도 했다. 자주 보지 못하는 그대의 모습을 보게 돼서 이 무대만으로 내 티켓은 그 값어치를 충분히 했다.

그대들의 마지막 마스터피스는 아쉬움 0%

공연 시간대 내 최대 심박수 156 bpm, 평소 헬스장에서 한창 근력 운동에 열을 올릴 때의 심박수였다. 시간대로 추정하건대 콘서트 중 내가 가장 좋아하는 '0%'였을 것이다. 사실 서울 콘서트에서 겐디와 손터팬은 너무 귀여웠지만, 방방 뛰는 '0%'가 아닌 것이 내심 아쉬웠다. 그런데 넷째의 예전처럼 '0%'를 뛰어보려 한다는 말에 금세 기분이 좋아졌다. 지난 9월 KBS 대기획 때처럼 달리는 0%를 다시 한다니! 우리가 원래 놀던 버전인 방방 뛰는 '0%'라는 말에 신났다. 나란 사람, 관성에 절인 인간이라 팬질에 있어서도 내게 친숙한 원래의 상태를 좋아하는 것은 어쩔 수 없다.

그렇게 신나게 뛰며 무대를 보는데 왜 넷이지 싫었다. 우리 캡틴이 보이지 않았다. 손으론 하풍봉을 흔들고, 입으로는 노래를 부르고, 다리로는 폴짝거리며 신남을 표현했지만, 눈으로는 나의 최애를 걱정하며 찾고 있었다. 누구보다 건강해야 하는 우리들의 캡틴이기에 오만가지 걱정을 할 때쯤, 그대의 랩파트에서 무대를 가로지르며 뛰어나오는 것을 보고 그제야 안도했다. 그대가 무리하지 않았으면 좋겠다. 이번 한 번을 아쉽게 보는 것은 문제가 되지 않는다. 그대와 오래오래 보는 것이 더 중요했다.

25년간 잡은 이 손, 절대로 놓지 않을게

사실 이날 나는 챙겨야 할 것이 많아 손과 머리가 분주했다. 마지막 공연이자 25번째 생일 전의 공연이었기에 준비된 이벤트가 2개였다. '하늘색 풍선' 때는 종이풍선을 들어야 했고, '하늘색 약속' 때는 종이비행기도 날려야 했다. 앉을 수 없는 스탠딩 대기 줄에 서서 오랜만에 종이비행기를 접었다. 스탠딩을 위해 최소화한 가방에 비해 종이비행기도 풍선도 너무 커서 이 녀석들을 어떻게 숨기고 있어야 하나 고민했다. 숨기고 있다가 가방에서 부스럭부스럭 꺼내는 것도 일이었다. 어쩐지 서울 콘서트 때보다 더 비좁게 느껴지는 스탠딩이라서, 낑낑대며 타이밍을 놓칠세라 허둥지둥 꺼내기에 바빴다.

그런데 무대에서 좋아하는 그대들의 표정을 보면, 이 맛에 이벤트 하고 싶다. 관객을 바라보는 그대들의 눈이 반짝이고 입꼬리가 올라간다. 그대들이 행복해 보이는 웃음에 나도 웃음이 난다. 그대들이 우리가 든 슬로건을 찬찬히 읽는 모습이 좋고, 우리가 날린 종이비행기에 놀라서 쳐다보는 모습이 좋다. 무대에 안착한 비행기를 하나씩 주워 들고선, 비행기 위의 '이 손 절대로 놓지 말기'를 읽는 모습에 가슴이 벅찼다. 오늘도 그대들을 행복하게 하는 한 명이 됐다는 것이 뿌듯하다.

이어서 우리의 25번째 생일을 미리 축하하는 시간을 가졌다. 이 시간이 나에겐 소중했다. 취준생으로, 사회초년생으로 불안정한 파도 위에 있던 때, 나는 잠시 그대들의 손을 놓았다. 그렇게 난 그대들과 우리의 스무 번째 생일을 함께 축하하지 못했다. 그런 내게 그대들과 함께 우리의 생일을 축하할 시간을 가지며, 내가 팬으로서 하고 싶던 버킷리스트 하나를 해냈다. 이번 생일은 놓치지 않고 함께 축하할 수 있어서 다행이다. 이제는 불안정의 파도에서 내려와 나름 잔잔한 호수의 수면 위에 떠 있는 30대가 됐으니, 앞으로는 그대들과 우리의 몇 번째 생일이고 함께할 거라고 약속할게.

언제라도 나의 품에 돌아와도 돼

마지막 공연이라 그대들도 어딘지 한결 편하고 신나 보였다. 그런 그대들을 보니 나도 신이 나서 흥에 젖었다. 12월 31일 일 년의 마지막 날, 그대들이 무대에서 뿜어대는 흥이 일 년의 고됨을 모두 씻어내는 것만 같았다. 그런 그대들의 사랑스러운 모습을, 우리에게 하는 예쁜 말들을 하나도 놓치고 싶지 않았다. 공연 전 연예계의 사건이 있었던 터인지, 캡틴은 여느 때보다 마음이 힘든 사람을 걱정했다. 그대들은 우리의 건강을, 우리는 그대들의 건강을 바라며 서로 오래오래 보자고 말했다.

진짜 마지막 무대였던, '사랑해 그리고 기억해'. 마지막에 마이크도, 연주도 없이 오롯이 넷째와 막내의 목소리로 채워지는 무대였다. 넷째의 목소리가 공연장을 채우고, 전광판에는 울 것 같은 그대의 표정이 스치듯이 잡혔다. 그리고 막내의 파트가 끝나고도 고개를 들지 못하는 그대를 향해 우리는 온 마음을 담아 불렀다. 목이 터져도 좋으니, 그대에게 이 마음이 닿길 바라며 불렀다. "언제라도 나의 품에 돌아와도 돼" 그대의 미소는 보는 사람마저 미소 짓게 만드는 재주가 있다. 그리고 그대의 눈물도 미소만큼 전파력이 강해서 우리의 눈가를 젖게 했다. 부디 그대의 눈물이 고마움 또는 사랑이기를, 아프거나 힘든 슬픈 눈물이 아니었길 바라본다.

우리의 마지막 외침은 넷째만을 향한 외침이 아니었다. 나의 소중한 다섯 사람아, 언제라도 우리 품에 돌아와도 돼. 그대들 곁엔 우리가 있으니, 어떤 고난 앞에서도 그대들은 어둠이 아닌 빛을 향해 걸어가 줘. 그럼, 그 빛을 향한 그대들의 걸음을 언제든, 어디서든 함께 할게. 25년, 그렇게 함께 걸어왔듯이 우리 같이 걷자.

Date. 2023년에서 2024년의 어느 날

Change
- 요즘 팬질 -

십 년이면 강산도 변한다는 말처럼, 돈 버는 서른이가 되어 팬질에 다시 뛰어드니 팬질의 세계도 많이 변했더라. 아무리 내 가수가 1세대 아이돌이어도, 아이돌은 아이돌이다. 아무리 내가 30대여도 마음만은 열다섯 그때와 같다. 그래서 나도 다른 아이돌 팬들처럼 팬질하겠다는 욕심으로 열심히 변화를 좇는다. 그래서 요즘 나의 팬질은 새로운 것을 하나씩 도장 깨기를 하기 바쁘다.

응원봉

"에헴, 나 때는 말이야."와 같은 한 잔의 라떼로 시작해 보자면, 응원봉이 아니라 야광봉이라 불렀다. 그때의 야광봉은 대부분 기다란 막대 형태였다. 어두운 공연장에서 풍선을 대신할 존재여서 빛을 뿜는 기능에 충실할 뿐이었다. 2014년의 공식 야광봉은 막대 모양에 반짝이가 좀 더 들어가 꾸밈을 더한 정도였다. 그런데 이제는 야광봉은 응원봉이라 불리고, 바뀐 이름처럼 모양도 변했다. 우리의 상징인 하늘색 풍선이 크게 들어간 응원봉, 하풍봉이 우리의 응원봉이다.

요즘은 응원봉도 꾸미는 시대라길래, 퇴근길의 지하철에서 다른 팬덤이 꾸민 것들을 찾아보니 눈이 휘둥그레졌다. 스티커를 붙이고, 아크릴 물감을 칠하고, 조화를 심어 넣고 다들 어찌나 예쁘게 꾸미는지 하나의 무드등 같았다. 초등학생 때부터 다이어리에 스티커 붙이며 꾸미는 걸 좋아했던 내가 이걸 지나칠 리 없었다. 반짝반짝 화려한 다른 팬덤의 응원봉 사진을 보며, 집에 있는 하풍봉을 어떻게 꾸밀지 구상해 봤다. 나도 내 응원봉에 나만의 색을 담아내고 싶었다.

집에 도착하자마자 옷장에 올려뒀던 하풍봉을 내려 한참을 쳐다봤다. 고민하다 결국 오늘 저녁 산책은 우리들의 친구 다이소로 정했다. 급한 대로 다이소에서 이것저것 담아 왔는데, 막상 하풍봉 뚜껑을 열고 보니 생각보다 쓸 것이 없었다. 아, 아무리 봐도 하풍봉은 풍선 머리가 커서 꾸밀 공간이 얼마 나오질 않는다. 요리조리 재료를 대보며 고민하다 선물 포장용 종이 장미로 화관을 만들어 씌우기로 마음먹었다. 초록색 철사를 꼬며 하얀 장미 화관을 만들어 씌우고 뚜껑을 닫으려 했으나, 거부당했다. 풍선의 머리가 너무 뚱뚱해진 탓이었다. 결국 화관은 바닥 장식으로 바뀌었고, 종이 장미 꽃잎을 한참을 숱 치듯이 뜯어내고 나서야 뚜껑을 닫을 수 있었다. 풍성한 장미를 넣지 못해 아쉬웠지만 불을 켜보니 생각보다 괜찮았다. 이만하면, 성공적인 응원봉 꾸미기였다.

인형 그리고 예절샷[1]

첫 직장에 젝스키스 팬인 부장님이 있었다. 젝스키스가 다시 뭉쳤던 그때, 그 팬덤에서도 최신 아이돌 문화를 쫓아가며 인형을 만들었다. 부장님이 인형을 사서는 요즘은 인형 옷도 사입히고 꾸민다며 자랑했었다. 그때 부장님의 인형과 인형 꾸미기를 바라보며, 내 가수들은 사람보다 동물 인형으로 나왔으면 좋겠다고 생각했다.

'미운 오리 새끼'가 나온 이후 우리 팬지들 사이에서 오리는 우리의 또 다른 상징물이었다. 일부는 하늘색 모자를 쓰고 있거나, 옷을 입고 있는 오리 인형을 사기도 했다. 공식 굿즈가 없어 자체적으로 오리를 한 마리씩 입양하고 있었다. 그러던 2023년, 모루 인형

---

1 덕후라면 마땅히 지켜야 하는 예절이라는 뜻과 사진을 의미하는 샷이 합쳐진 단어로 덕후 세계의 놀이 문화 중 하나. 가장 좋아하는 최애의 포토카드, 인형을 꺼내 사진을 찍는 것을 말한다.

만들기가 유행처럼 떠오르는 것을 보며 생각했다. 토끼, 곰, 고양이, 온갖 동물을 다 만드는데 오리도 만들 수 있지 않을까? 그래서 프로 사부작러는 또 모루 인형 만들기 동영상을 보면서, 장바구니에 재료를 담았다.

그리곤 나만의 미운 오리 새끼 한 마리를 만들었다. 내 오리가 미운 오리 새끼가 된 이유는 밍크 털 모루로 만들어져 부스스한 모습이기 때문이다. 요즘은 이 미운 오리 '운오(우노)'를 내 분신처럼 팬질하는 곳에 데리고 다닌다. 내 사진 대신 우노의 사진을 찍으며 내 분신 역할을 톡톡히 시키고 있다.

내 우노는 부산 콘서트와 여행부터 함께했다. 부산 센텀시티역에 걸렸다는 지오디 광고와의 인증사진으로 시작해서 음식 앞에서, 디저트 앞에서, 가슴이 뻥 뚫리는 광안리 바닷가 앞에서 열심히 나를 대신했다. 요즘은 화려하게 꾸민 포토 카드로 예절샷을 찍는다던데, 나는 포토 카드를 대신하여 오리로 열심히 나만의 예절샷을 남겼다. 오랜만에 떠난 혼자 여행이었지만, 주머니 속에 미운 오리 한 마리 덕분에 외롭지 않게 보냈다.

인생네컷

팬카페에서 보고 눈이 휘둥그레졌다. 간혹 친구들이랑 찍곤 했던 포토 부스의 프레임을 그대들로 바꿔서 찍을 수 있다니. 매일 새로운 것이 나오니, 그것을 빠르게 익히지 않으면 도태되기 딱 좋은 세상이다. 쓸쓸하게 현실을 되새김질하는 것도 잠시, 나는 둘째와 셋째의 생일을 맞이하는 자체 축하 행사를 기획했다.

평소에 사진을 찍어 주는 것은 좋아하지만, 내가 찍히는 것은 좋아하지 않았다. 그런 내가 내 사진을 찍으러 혼자 부스에 들어가 바쁘게 움직이며 사진을 찍었다. 먼저 셋째의 갈색 프레임에는 감성적인 셋째의 이미지에 맞춰서 얌전히 핸드폰으로 전광판을 켜고 가만히 웃으면서 찍기로 했다.

하지만 계획대로 될 리가 없었다. 집에서 전광판 앱으로 만들어 온 것을 들고 카메라 앞에 서자, 아뿔싸! 거울모드가 되어있지 않아 글자가 반대로 찍히는 것이었다. 어쩐지 다른 앱에서는 거울모드 버튼이 있더라. 하지만 이미 촬영은 시작됐고, 당황한 채 두 컷이나 찍혀버렸다. 나머지 컷을 제대로 건져야 내가 만든 문구 '나의 하늘 오래오래 함께 하자'를 네 컷 안에 담을 수 있었다. 아쉬움이 남았지만 체념하고 촬영을 마저 이어갔다.

그리고 둘째의 남색 프레임에는 내가 좋아하는 둘째의 장난기 넘치는 BT모드[2]에 맞추기로 했다. 부스에 들어올 때 주섬주섬 챙

---

2 수줍은 윤계상에게 또 다른 자아가 표출되는 모습을 누에고치가 나비로 변태하는 모습에 빗댄 말. 윤계상 특유의 장난꾸러기 모습이 와랄랄라 쏟아져 나오는 상태를 일컬음.

겨 들어온 각종 머리띠와 선글라스를 부산스럽게 바꿔 꼈다. 아까와 똑같이 핸드폰 전광판은 손에 들고, 아까보다는 우스꽝스러운 표정으로 사진을 찍었다. Happy Birthday 문구와 생일 초가 달린 머리띠도 쓰고, 마치 내 생일인 양 신나서 사진을 찍었다. 마지막은 외계인 눈의 선글라스를 쓰고선 잡아먹을 것 같은 손짓과 함께 찍었다. 이 정도면 그대의 BT모드를 잘 표현했다 싶어 뿌듯했다. 감성적인 내 전광판 문구와는 정반대인 내 모습이 웃겨서 마음에 들었다.

짧은 시간 한바탕 난리를 치고 나니 손에는 내 사진만 4장이 들려있었다. 내 생일에도 이렇게 사진을 많이 찍어본 적이 없는데 말이다. 혼술, 혼밥, 혼영 혼자가 흔해진 요즘 시대를 맞춰주지 못한 기계를 살짝 원망했지만 그래도 그대들과 함께 사진을 찍었다는 생각에 금세 싱글벙글해졌다. 찍는 과정의 영상을 보니 내 모습이 웃기기도 했다. 그대들을 좋아하면서 별걸 다 해본다. 덕분에 나의 혼자 시리즈에 하나가 더 추가됐다. 혼자 인생 네 컷 찍기.

누군가에겐 나이 먹고 유치해 보일지 몰라도, 주책맞게 보일지 몰라도, 요즘의 팬덤 문화를 알아가는 것이 재밌다. 누군가를 좋아하는 마음을 표현하는 방법이 이토록 다양할 수 있다는 것을 배워간다. 예전에는 통일성이 돋보이는 팬덤 문화였다면, 지금은 각자의 개성을 표현하며 팬질에서도 '나'를 표현하는 것이 특징인 것 같다. 그렇게 내 가수에게 나를 표현하고 내 마음을 전달하는 방식을 만들어가는 것 같다. 오늘의 팬 문화를 배워가며, 오늘도 나는 어떻게 나를 표현해 보일 수 있을지 고민하고 있다.

Date. 2022년의 어느 날부터 2024년 1월의 어느 날까지

이삭 줍는 사람들

팬질하는데 가장 필요한 능력이 뭐냐고 묻는다면, 그것은 빠른 반응 속도와 손가락이라고 말하겠다. 팬 미팅, 콘서트, 무대인사 등 각종 행사에 내 한 자리를 만들어야 하기 때문이다. 팬질 인생 24년을 통틀어, 티켓 오픈 시간에 만족할 만한 자리를 예매한 경험은 팬클럽 사전예매로 잡은 그 한 번이 다였다. 그럼, 그동안 어떻게 다녔냐고? 나는 언제나 밀레의 「이삭 줍는 사람들」 중 하나로, 열심히 누군가 버린 취소 표를 줍고 또 주웠다. 나는 타고나길 '민첩한', '빠른'과 같은 형용사와는 거리가 먼 사람이었다. 그런 내가 살아남을 방법은 근성과 끈기로 취소 표를 잡을 때까지 매달리는 것이었다. 예매 사이트를 숨 쉬듯이 들락거리면 그런 내가 안쓰러웠는지 간신히 내 한 몸 들이밀 자리 하나는 생기곤 했다.

2022년 ON 콘서트의 표도 그렇게 구했다. 코로나 이후 첫 콘서트여서인지 피 튀기는 티켓팅 전쟁터였다. 함께 참전한 친구도, 나도 모두 빈손으로 털레털레 돌아 나와야 했다. 하지만 포기할 수 없던 나는 친구와 다르게 꿋꿋이 예매 사이트를 들락날락했다. 이쯤되면 좀 나올 때인데 싶은 시기에도 취소 표가 하나도 나오지 않았다. '진짜 포기해야 하나, 이번 콘서트는 못 가나 보다.'란 생각으로 점점 포기를 향해가던 어느 날, 잠들기 전에 '진짜 마지막이다.'라는 생각으로 예매 창을 켰다. 그러던 그때, 두 자리를 발견했다. 연속으로 붙은 좌석은 아니었지만, 있는 게 어디인가! 누가 채갈세라 빨리 해야 된다는 마음에 무통장 입금으로 후다닥 예매했다. 친구에게 떨어진 좌석이어도 갈 것인지 확인해야 했다. 친구가 자고 있을까 봐 미친 듯이 카톡을 했다. 다행히 친구는 바로 답이 왔다.

그런데 문제는 11시 30분부터는 은행 앱에서 이체할 수 없다는 것이었다. 내가 예매한 시간이 11시 30분, 입금 기한은 11시 59분이었다. 절망적이었다. 어떻게 잡은 표인데, 이대로 이 표를 놓쳐야 하는 건가 해서 발만 동동 굴렀다. 친구랑 둘이 방법을 고민하다 결국 도박을 하기로 했다. 내가 이 표를 취소하면 친구가 다시 이어 잡아서 카드 결제를 하는 것이었다. 나 같은 이삭 줍는 사람이라도 있으면 친구가 바로 이어 잡지 못할 가능성도 있었다. 결국 입금을 못해서 날리나, 시도했다가 뺏기나 그게 그거 같아 보였다. 다행히 친구의 새로고침이 내 타이밍과 맞았고, 간신히 우리는 떨어져서

라도 콘서트를 갈 수 있었다.

피시방이 인터넷 속도가 빠르다고 해서 가보기도 했지만, 똥손에게는 장소가 문제가 아니었다. 그냥 이쯤 되면 나 자체가 문제인건가 싶을 정도로 피시방을 가도 결과는 똑같았다. 인터넷 속도도 중요하지만, 중요한 때가 되면 고장나는 나의 뇌와 손이 가장 큰 문제였다. 티켓팅 같이 중요한 순간에 꼭 나의 뇌는 얼어버린다. 그렇게 얼어버린 뇌는 판단 오류와 함께 손이 헛짓거리하는 것을 방치하곤 한다.

이번에 선 예매로 마스터피스 서울 콘서트를 예매하기 전, 한 시간 먼저 진행되는 부산 공연의 선 예매에 참여했다. 그때 나름 빨리 들어가서 후다닥 스탠딩 번호 두 개를 지정하고 나왔더랬다. '이미 선택된 좌석입니다.'라는 안내 문구를 한 번도 보지 않고 끝낸 것에 '드디어 내 티켓팅 인생에도 볕이 드는구나!' 했다. 같이 티켓팅에 참전한 친구에게 결과를 알리자, "어느 구역 했어? 네가 나보다 결제 빨리 끝냈는데 번호가 그것밖에 안 됐다고?"라고 되물었다. 알고 보니 내가 지정한 스탠딩 구역은 청포도 알이었다, 진짜배기인 포도알 구역이 아닌 그 뒤 구역을 누르고 진행했다. 어쩐지, 너무 깔끔하게 끝나더라. 꼭 중요한 시점에 덜렁거리고, 긴장하면 허둥지둥하기에 바쁜 나라는 인간이 또 한 건의 망한 티켓팅 역사를 썼다.

그런데 신기한 것은 이런 내가 뮤지컬을 예매할 때는 똥손이 아니라는 것이다. 뮤지컬 오페라의 유령을 예매할 때 티켓 오픈 당시에는 실패했다. 하지만 바로 직후 풀리는 취소 표의 티켓팅에서 최재림 배우 공연으로 1층을 주웠다. 이어서 다음 차수 티켓 오픈때는 조승우 배우 공연도 1층을 잡기에 이르렀다. 심지어 지난번 최재림 배우의 공연 때보다 15줄 정도를 당겼다. 같이 예매하던 친구는 나의 똥손을 보고 금손이라 칭하게 이르렀다. 똥손이 갑자기 금손 취급을 받으니, '진짜 내가 한 거 맞나?'를 반복하며 예매 확인 창에서 다시 확인했다. 그리고 그 표는 모두 분명히 내가 예매한 것이 맞았다.

이 어처구니없는 상황을 친구에게 전했다. "나는 아주 좋아하면 안 되는 사람인가 봐. 아주 좋아하는 것들은 하나같이 티켓팅 다 망하는데, 이게 된다고?" 그런 나에게 친구도 공감을 표하며 답했다. "맞아, 내가 덕질하는 것들은 하나같이 다 망하지. 아무래도 우린 적당히 좋아해야 하는 애들인가봐."

'덕후는 계를 못 탄다.'는 덕질 판의 명언이 있다. 이 명언을 누가 만들었는지 몰라도 덕질 공통의 명언임이 분명하다. 티켓팅에 있어서도 덕후는 계를 못 탄다. 간절하게 보고 싶은 내 가수 공연은 뻔질나게 망해서, 예매 사이트에 눌러앉아 호시탐탐 취소 표를 줍는 이삭 줍는 사람이 된다.

그런데 '한 번 해볼까?', '되면 가야지'라는 가벼운 마음으로 시작한 티켓팅에서는 뜻밖의 선전을 한다. 이 무슨 가혹한 운명의 장난인가 싶다. 간절함을 굽어살펴 보지 않는 무심한 운명, 그 운명은 오늘도 나를 똥손으로 만들었고 다시 처참한 패배를 안겨줬다. 그렇게 오늘도 난 허리를 펼 수 없는 이삭 줍는 사람이 됐다. 2024년 1월 13일, 다섯 남자들과 함께 생일을 맞이하기 위해 오늘도 회색빛 예매 창에서 초록 좌석을 찾아 헤맨다.

안 되는 일 언제나 해내는
그 가수를 닮은 그 팬은
수많은 '이미 선택된 좌석입니다'에도
굴복하지 않고
끝까지 내 자리를 찾아내지

Date. 2024년 1월의 어느 날

주연 : god, fangod

언젠가부터 영화관에 아이돌 그룹의 공연 실황을 담은 영화가 나오기 시작했다. 그때는 뭐 저런 것도 있나, 신기하다고 하고 말았다. '그래도 콘서트장이 최고지, 저렇게 보는 건 감질나지 않나?' 라고 생각하며 갸우뚱했다. 하지만 그 고갯짓은 곧 격한 끄덕임으로 바뀌었으니, 나의 첫 아이돌인 그대들의 영화가 나오기 때문이었다. 그것도 11월에 관람하고 여태 헤어 나오지 못하는 'god's MASTERPIECE' 콘서트였다. 아주 이 아저씨들이 날 영영 헤어 나오지 못하게 하려고 작정했구나 싶었다.

기다리고 기다리던 1월 10일 영화의 개봉일, 서둘러 영화관을 향했다. 영화관에 불이 꺼지자, 절로 손을 모아 깍지를 끼게 됐다.

설레고 신나는 이 마음에 영화관에서 둥실둥실 떠오르기라도 할까
봐 손깍지를 꼭 끼고선 영화의 시작을 맞이했다. 영화는 그대들 한
명, 한 명의 인터뷰로 시작했다.

데뷔 25년 차의 그룹이다 보니, god와 fangod가 그대들에게 어
떤 의미인지라던가 같은 질문에 대한 답변은 익히 들어왔다. 하지
만 그대들의 마음을 알아가는 것은 언제나 새롭고, 가슴 따뜻해지
는 일이다. 그동안 전해온 내 작은 마음이 그대들에게 닿은 것 같아
뿌듯하고, 헛된 사랑이란 없음을 알려주는 것 같아 뭉클하다. 그리
고 그대들이 서로를 아끼고 사랑하는 모습을 보면 절대 깨지지 않
을 관계라는 걸 보여주는 것 같아서 흐뭇하다.

나는 서울의 11일 토요일 콘서트를 갔던 터라, 12일 일요일 콘
서트를 이렇게 가까이서 크게 즐길 수 있는 것이 기뻤다. '나는 알
아', '그 남자를 떠나', '애수'로 시작했던 콘서트의 시작을 보며 쥐
었던 손깍지를 더 꽉 쥐었다. 눈으로 보기만 해도 신나는 이 흥분을
영화관에서 표출할 수 없으니 그렇게라도 꽉 누르려 했다.

셋째가 말했다. "이번 콘서트 첫 무대의 함성이 다른 콘서트 때
보다 엄청나게 컸어요. 함성에 노랫소리가 들리지 않을 정도로요."
그 말에 웃음이 났다. 그도 그럴 법이, 11일 토요일의 나도 12일 일
요일의 다른 fangod처럼 공연의 시작과 동시에 그대들을 반기는
의미로 있는 힘껏 소리를 지르고 있었거든. 그대의 귀에 꽂혔던 인

이어를 우리의 함성이 이겼다는 것 같았다. 그대들의 무대를 기다렸다는 그 마음이 그렇게나마 전달되지 않았을까 싶어 흐뭇했다.

콘서트를 제대로 각 잡고 찍은 영화로 보니 또 달랐다. 그대들에게 몰입해서 보기 바빴다. 그대들이 이런 말을 했었구나, 이런 장난을 치며 놀았구나, 저런 표정을 지었구나. 막내를 찜 쪄먹는 형들의 모습에 영화관에서 짧게 웃음이 새어 나오기도 했다. 돌연 넷째의 반지를 빼앗아 끼는 둘째의 모습이 귀엽고 사랑스러워서 양팔로 내 몸을 감싸고선, 좌석에 폭 기대어 작게 몸부림치기도 했다.

나는 무대 위의 그대들 다음으로 그대들끼리 노는 모습이 좋다. 서로가 참 편안해 보여서, 그 편안함이 주는 느낌이 좋다. 편안한 관계에서 할 수 있는 이야기들이 좋고, 유치한 장난이 좋다. 함께 있으면 언제고 20년은 가뿐히 돌아갈 수 있는 오래된 관계가 주는 안정감이 있다. 나는 그대들의 그 안정감을 바라보기만 해도, 포근한 이불에 폭 안긴 듯한 편안함을 느낄 수 있다. 그래서 그대들 다섯이 웃고 장난치는 모습을 보는 것이 좋다.

가만히 영화를 즐기려는 나의 노력이 물거품이 되는 때가 있었으니, 바로 'Stand up', '하늘색 풍선', '촛불 하나'와 같은 신나는 무대가 스크린을 가득 채울 때였다. 나도 떼창 그룹 fangod 중 한 명이기에, 마스크 안에서 입 모양으로 작게 뻐끔거리며 가사를 따라 했다. 꽉 쥐었던 손깍지는 어느샌가 풀려서는 손가락으로 까딱 까딱 리듬을 타거나, 안무를 따라 손가락을 움직였다.

  손가락만으로는 성에 차지 않았는지 어느샌가 발도 살짝 리듬을 타고 있었다. 고개도 살짝 흔들리다가, 혹시 내가 다른 사람에게 거슬릴까 봐 다시 고개를 가만히 정지시켰다. 그대들의 노래와 무대에 자동으로 나오는 이 반응을 통제하기가 바빴다. 손가락이 움직이면 발도 움직이고 발이 움직이면 머리도 움직이는 이 연쇄반응을 간신히 꾹꾹 누르면서 눈으로 즐겼다. 그리고 머릿속으로는 신나게 같이 뛰고 호흡하던 그때 그 순간을 다시 떠올렸다.

  그리고 이번 영화에서 그대들만큼 우리의 모습을 보는 것도 좋았다. 나는 스탠딩 외골수인 사람으로 전체가 좌석이었던 2022년의 ON 콘서트를 제외하고선 좌석에 가본 적이 없다. 그래서 우리의 응원봉인 하풍봉이 모여 만드는 그 별빛 풍경을 감상한 적이 많지 않다.

  그런데 영화에서 전체 공연장의 모습을 바라보니, 우리 참 멋있더라. 올림픽 체조경기장인 KSPO DOME을 가득 채운, 우리가 만든 하늘빛이 은하수에 감탄했다. 때로는 그대들의 파트를 빼앗아 부르는 우리들의 떼창도 좋았다. 랩 가사의 포인트는 특히 크게 외치는 우리의 모습에 그대가 씩 웃으면 그것으로 우리의 임무는 성공적으로 완수한 것이었다. 하나 된 마음으로 부르는 노래가 주는 감동은 찌릿하고 소름이 돋기도 했다. 이처럼 서로에게 감동의 순간을 만들어 주는 fangod라는 것이 자랑스럽다.

엔딩크레디트가 올라가고, 짧게 나온 그대들의 모습에서 "13일은 뭐 할까?" "밥이나 먹자."라는 소소한 대화에 피식 웃음이 났다. 그리고 "그래서 연출은 누가 할 건데?"라는 질문으로 와라락 끊겨버리는 영상에 "헉"했다. 안 돼, 이렇게 끝내면 나 잠 못 잔단 말이야. 2024년 얼마나 더 기대하라고 이렇게 사람을 들었다 놨다 하나. 기대와 설렘도 잠시 영화관의 특별 굿즈인 ttt를 받기 위해 서둘러 매표소를 향했다. 신남에 젖어 내 소중한 특전을 놓칠 수 없었다.

매표소 앞에 줄지어 행여 내 티켓이 없을까 힐끗거리다 티켓을 손에 넣고선 구겨질세라 소중히 가방 안에 모셨다. 영화로 얻은 신남과 설렘에 발걸음이 너무 가벼워진 탓에, 아무 생각 없이 엘리베이터를 타고 1층에 내려갔다. 아차, 포토 플레이를 깜빡했다. 결국 다시 7층으로 올라가서 미리 앱으로 만들어놓은 포토 플레이까지 뽑아 오늘의 컬렉션을 완성했다.

그리고 마지막 코스, 지하철역으로 향하던 발걸음을 살짝 틀어 내 하풍봉의 옷을 사러 갔다. 하늘색 후드가 정석이지만, 구할 수 없으니, 주인을 따라 무채색을 좋아하는 하풍봉으로 키우기로 했다. 집에 돌아와 하풍봉에는 후드를 입혀주고, 오늘의 컬렉션을 예쁘게 전시해 놓고선 열심히 셔터를 눌렀다. 오늘 하루는 팬심으로 가득 채워 하늘빛 꿈을 꿀 것만 같다. 팬심이 가라앉을 새 없이 몰아치는 2024년, 우리들의 해, 얼마나 더 많은 것들이 기다리고 있을지 기대와 설렘으로 벅차오른다.

우리, 올해는 더 자주 봤으면 좋겠어요.

우리 2024년도 기대 많이 해 주세요
40대랑 50대가 20대 먹을 거야, 뭔지 알지?
- 박준형 -

내 생일보다 설레던 그대들의 생일, 1월 13일
그 설렘이 하루로 끝나지 않을 것 같아서
행복한 기대와 함께 시작하는 2024년이야

Date. 2024년 1월의 어느 날

찍덕이 된 이유

어느 날, 어떤 외국 가수의 내한 공연 직캠 영상을 보게 됐다. 그때 모두 무대 위의 살아 숨 쉬는 가수가 아닌 자기 핸드폰 화면 속 2D 가수를 보고 있는 관객들의 모습이 우스웠다. 눈앞에 있는 가수를 두고 왜 저러고 있나 싶었다. 저럴 바엔 집에서 콘서트 실황 영상을 찾아보는 게 더 합리적인 소비겠다는 생각으로 갸웃거렸다. 그리고 지금, 남의 일이라고 쉽게 말했던 과거의 나를 반성한다.

나는 여행을 가면 핸드폰에 필름 카메라까지 챙겨 들고 다니는

'찍는' 걸 좋아하는 찍덕이다. 좀 더 구체적으로는 찍히는 인물이 되기보다는 찍어주는 사람인 걸 좋아한다. 그래서 카메라 욕심이 많다. 핸드폰을 고를 때도 카메라가 좋다는 갤럭시 울트라를 택했다. 가끔 아픈 손목이 이놈 때문인가 의심되는 요즘, 그럼에도 작년 콘서트부터 이 무거운 녀석이 찍어낸 그대들의 모습이 있기에 얌전히 받들어 모시고 있다. 이 녀석의 줌 기능으로 건져낸 그대들의 모습을 보는 순간 뿌듯함이 몰려와 불만을 잠재운다.

울트라와 함께하다 보니 나도 어느새 화면에 집착하는 관객이 됐다. 워낙 사진 찍는 것을 좋아하다 보니, 내가 좋아하는 그대들의 모습을 예쁘게 담고 싶은 욕심이 컸다. 진성 찍덕처럼 전문 장비를 쓰는 것도 아니며, 사진이나 영상을 전문적으로 공부한 적도 없기에 당연히 전문가에 비하면 높은 품질을 자랑하진 못한다. 그래서 차라리 그 사람들이 올려주는 것을 기다리고, 나는 핸드폰을 내려놓고 온몸으로 즐기는 것이 더 이득일 수도 있다.

그럼에도 내가 핸드폰을 놓지 못하는 이유는 있다. 내 눈에 띈, 내 마음에 든 그 장면을 놓치고 싶지 않기 때문이다. 요즘은 유튜브에 콘서트 직캠이 참 많이 올라온다. 하지만 때로는 그런 전문가들이 나와 같은 시야에 없을 때도 있기에 내 마음에 꽂힌 그 장면이 올라오지 않을 수도 있다. 그때 가서 '찍어둘걸' 하고 후회한다고 그 순간으로 돌아갈 수 없으므로, 더 이상의 후회를 방지하기 위해 찍어두게 된다.

그리고 찍는 걸 좋아하는 찍덕으로서의 자부심과 자존심에 핸드폰을 놓지 못한다. 공연장에서 내 시야를 확보하기도 어려운 160cm의 작은 키를 갖고 있는 나지만, 사람들 틈새로 찍는 기술이 늘고 있다. 그렇게 자리만 잘 잡으면 나름 그럴싸한 직캠영상을 찍게 되는데, 찍는 걸 좋아하는 사람으로서 '내 새끼들의 예쁘고, 멋지고, 귀엽고 다 한 그 모습을 직접 내 손으로 담았다니!' 같은 뿌듯함이 있다.

'찍는' 것을 좋아하는 나 같은 사람에게 군이 그렇게 열심히 찍어야 하냐고 묻는 것은 낚시하는 사람들에게 물고기는 수산시장에서 사다 먹으면 되는 것 아니냐고 묻는 것과 같다. 내 손으로 잡은 물고기는 직업 어부 또는 어선에 잡혀 온 수산시장의 물고기와 비교할 수 없는 법이다. 조금 아쉬워도 내가 내 손으로 담았다는 것, 내가 직접 담았다는 것이 나에겐 큰 의미다.

그대들의 순간, 순간을 포착하는 가장 큰 이유는 마음 한구석에 남는 아련함이다. 그대들은 장난처럼 하는 말이지만, "언제까지 춤출 수 있을지 몰라요" 같은 말을 들을 때면 가슴 속에 파도가 철썩 내리친다. 내가 지금 사랑해 마지않는 이 모습들을 언젠가는 보지 못할 수도 있다는 차가운 현실의 파도가 철썩철썩 마음을 차갑게 적신다. 그대들과 함께 즐기는 그 순간만큼은 언제나 나의 나이도, 그대들의 나이도 잊은 채 몰입하는데, 그 몽상을 현실의 파도가 철

썩이며 깨부순다.

그 파도가 현실이 될 수도 있다는 막연한 두려움이 집착을 자아
낸다. 그대들과 함께하는 이 순간을 한순간도 놓치고 싶지 않다. 그
래서 주머니에 핸드폰을 넣었다 뺐다를 반복하며 그대들을 담는
다. 언젠가 내가 이 순간을 그리워할 때, 추억할 수 있는 무언가를
만들기 위해서. 그래서 나는 그대들이 나이 이야기를 하는 것이 싫
다. 내 마음속 저 깊은 곳에서 막연한 두려움이 커지고, 먹먹함이
자라나서 싫다.

최근 'god's MASTERPIECE the Movie'로 콘서트 전체의 모습
을 영화로 보며 느꼈다. 반짝이는 하늘빛 속에서 그대들을 찍는 핸
드폰들이 얼마나 미운 오리 새끼인지. 그 아름다운 풍경에 등장하
는 네모난 액정들이 욕심으로 느껴졌다. 공연장에서 내 모습이 저
랬다는 생각에 반성하게 됐다. 나도 내가 비웃던 그 영상 속 사람들
이 돼가고 있다는 생각에 흠칫 놀랐다. 그대들과 함께하는 순간은
1분, 1초가 소중한데, 내가 그 순간을 바보같이 촬영으로 낭비하고
있었구나 싶었다. 그래서 내 마음가짐을 가다듬게 됐다. "내 눈과
귀로 오롯이 느끼고 담아와야지." "그대들과 함께 호흡하며 즐기
는 것을 더 중요하게 생각해야지."

하지만 그럼에도 찍덕은 핸드폰을 손에 쥐고 초점을 맞춘 후, 다
시 그대들에게 눈을 돌려 순간을 즐기려 애쓰고 있을 것이다. 그대

들과 함께 보내는 소중한 순간을 놓치고 싶지 않다는 욕심으로 말이다. 찍덕은 나의 진짜 눈 2개, 내 눈앞의 또 다른 투명한 눈 2개, 내 손의 눈 3개로 열심히 그대들을 내 눈에 담고 있을 것이다.

하지만 늘 경계하고 있을 것이다. 어느 순간 내 눈 대신 핸드폰으로 그대들을 보고 있는 내가 되는 것을. 캡틴의 말대로, 그대들과 그 순간을 함께 즐길 수 있도록 조금씩 내 욕심을 내려놓을게. 내 마음에 그 순간을 담아가도록 해볼게.

밑이 깨진 독에 물을 붓는 것처럼
눈 안 가득히,
기억 속 빼곡히,
그대들을 담고 또 담아도
채워지지 않는 것이
팬의 마음이야

Date. 2024년의 어느 날

Outro.

1999. 01. 13. 수요일

2024. 01. 13. 토요일

25년. 9,131일. 219,144시간

그대들의 역사이자, 그대들과 우리가 함께한 시간.

숫자로 표현하니 더 크고 길게 느껴지는 25년.

팬으로서 맞이하는 25주년이 어떤 의미냐고 묻는다면, 양가감정이 교차한다. 하나는 뿌듯하고, 자랑스럽고, 가슴 벅차오르는 그런 감정이다. 어떤 한 단어로 표현하기 어려운 여러 가닥의 감정인데, 그 가닥을 모두 따라가면 한 지점에서 만난다. '감사', 스물다섯해를 함께 해 준 그대들을 향한 수많은 감정의 끝은 고마움이다.

다섯이 함께라는 것을 잊지 않아서 고맙고,

앓는 소리를 하면서도 건강하게 무대를 보여주는 것이 고맙고,

여전히 우리에 대한 사랑을 변함없이 표현해 줘서 고맙고,

멈추지 않고, 그 길을 변함없이 걷고 있어 줘서 고맙고,

추억할 거리를 이토록 많이 만들어줘서 고맙고,

항상 다음을 생각하게 해 줘서 고맙고,

많은 fangod가 말하듯,

나의 첫 아이돌이자 마지막 아이돌로 남아줘서 고맙다.

다른 나머지 감정은 약간의 먹먹함과 불안을 담은 먹구름 같은 감정이다. 12월 31일, 둘째가 공연 중 "앞으로 우리가 이제 다 한 명, 한 명 나이가 들고, 진짜 예전 같지 않아요. 정말 예전같이 하려고 해도 안 되는 그 시간의 벽을 느끼면서…"라고 말을 이어갔다.

25년이란 시간만 흘렀으면 좋겠지만, 우리는 함께 나이 들고 있었다. 어느새 내 가수의 평균 연령이 46세가 돼버린 지금, 같이 나이 들어온 팬이기에 무대에서 그렇게 춤추고 노래하는 것이 쉽지 않은 일이라는 것을 안다. 그래서 누군가 아프다는 소식은 내게 그대들이 언제까지 무대에서 이렇게 춤출 수 있을까, 지금처럼 신나게 놀 수 있겠느냐는 먹구름 같은 걱정을 몰고 온다. 그대들을 무대에서 더 오래 보고 싶은 팬의 욕심이 그대들을 볼 시간을 줄어들게 하는 것은 아닐지 하는 조심스러운 마음이 든다. 그래서 그대들의

무대가 소중하다. 끝을 걱정할 시간에 그대들의 모습을 담고 함께 즐기기에 바쁘다. 결국 먹구름 같은 감정도 고마움을 향한다.

그대들은 나의 하늘이다. 하늘은 언제나 고개를 들면 만날 수 있 듯이, 그대들의 목소리로 나는 언제나 그대들을 만날 수 있다. 매일 하늘의 색이 다르고, 하늘 위 구름 모양이 달라지듯, 우리는 함께 늙어가며 변할 거다. 하지만 하늘은 언제든 찾을 수 있는 곳에, 닿 을 수 있다.

나의 하늘아, 우리는 앞으로 함께할 시간과 함께해 온 추억 속에 서 영원할 테니, 우리 오래오래 함께 하자. 그대들이 달을 만나 밤 하늘이 되어도 하늘색 별들이 푸른 꿈결을 수놓고 있을 테니, 그대 들은 꿈길을 걷다 다시 맑은 하늘의 햇살과 같이 돌아오면 된다. 우 리는 서로 반짝이며, 그대들과 함께할 꿈같은 시간을 그릴게.

내 마음속 하늘색 불빛은
오늘도 바쁘게 날갯짓하며
그대들을 향해 날아가지

나의 하늘
오래오래
함께 하자

CD 4

모두 다같이 즐겨요, 이 책
Say 특별부록

그들이 알고 싶다

0n년생이라는 말을 듣고 소스라치게 놀랐던
으른 오리는 내 가수만큼 0n년생 fan*god*가 신기했다.
그래서 0n년생 아기 오리에게 물었다.

< **아기 오리들** Q ☰

으른오리님이 03년생 솔이님, 05년생 익명오리님,
06년생 효영님, 07년생 허님, 09년생 밀짱계짱님을
초대했습니다.

안녕하세요, 아기 오리 여러분!
으른 오리의 궁금증을 풀 기회를 줘서 고마워요.

가장 궁금했던 질문을 먼저 할게요.
god, 도대체 어떻게 알고 팬이 됐나요?

03년생 솔이

고3 입시가 끝나고 우연히 유튜브 알고리즘을 통
해서 지오디의 길 무대를 봤습니다. 그중 빵모자
를 쓴 천의 얼굴 등장에 '헉, 저 사람 누구지?' 하
고 관심이 생겨 다른 무대 영상들도 찾아보다가
점점 더 빠졌습니다. 그러다가 사람들이 영상 댓
글마다 〈육아일기〉 얘기를 하길래 1화부터 끝까지
결제해서 밤을 새워가며 봤습니다.

제가 그때 90년대 패션, 분위기에 관심이 컸기 때문에 신기하기도 하고, 더 재밌게 본 거 같습니다. 그때부터 저는 지오디에 제대로 빠지게 되었고 '이게 지오디 노래였어?!' 하면서 매일 지오디 노래만 듣고 친구들이 불러도 안 나가고 대학 입학하고 나서도 덕질하느라 과제도 안 했습니다…

03년생 솔이

2009년 5살 시절, 태우오빠 「사랑비」가 나오면서 듣고 자랐고요. 쭈니오빠 예능 활동으로요.
레전드는 광동제주씹다수ㅋㅋㅋㅋㅋㅋ

05년생 익명오리

초등학생 때부터 지오디 노래를 알고 들었는데 최근에 〈ㅇㅁㄷ지오디〉 보고 푹 빠져버렸어요!

06년생 효영

맨 처음에는 〈범죄도시〉의 장첸을 보고 '오... 잘생겼는데?' 하며 찾아보다 보니 알고리즘에 의해 지오디의 육아일기가 뜨더라고요.
그렇게 본 영상이 하나가 되고 두 개가 되고. 어느새 제 플레이리스트에 지오디 노래가 꽉 차 있었어요ㅋㅋㅋ그냥 장첸이 쏘아올린 작은 공이죠.

07년생 허니

〈범죄도시〉에 윤계상 오빠를 보고 좋아하다가, 100일 뒤에 지오디도 좋아하게 되었답니다ㅎㅎ

09년생 밀짱계짱

두 번째로 아기오리들이 가장 좋아하는 **god**의 노래는 무엇인지 궁금합니다!

저는 개인적으로 「관찰」 제일 좋아하고, 「니가 있어야 할 곳」도 좋아합니다. 멤버들 헤메코 중에 최애여서요!

09년생 밀짱계짱

*헤메코: 헤어, 메이크업, 코디

고르기 힘들지만..「난 너에게」좋아해요!

06년생 효영

저는 「Friday night」 이요.

05년생 익명오리

「하늘색 약속」을 가장 좋아해요.

최애곡이 된 날, 그날따라 모종의 이유로 지쳤었어요. 학교가 끝나고 버스를 타러 주변 정류장에 있었을 때였어요. 그때 고개를 들어보니 하늘이 유난히 푸른색에다, '오래 기다리게 해서 미안해'라는 구절이 제가 고개를 든 타이밍에 딱 나왔어요.

물론 전 오래된 팬이 아니기 때문에 오래 기다린 적은 없지만요. 이상하게 그 말이 저에게 큰 위로가 되는 거 같았다고 느껴졌는지, 언제든지 지칠 때마다 곁에 있어주겠다고 느껴졌는지, 그날은 집에 가서 엄청 울었어요.

이 노래가 큰 위로가 된 이후로 제일 좋아하게 됐어요.

07년생 허니

최대한 간추려서 「길」, 「다시」, 「니가 다시 돌아올수 있도록」이요.

03년생 솔이

이어서, 아기오리들이 최애 멤버는 누구예요? 최애의 어떤 매력에 빠지게 됐나요?

계상 오빠요!
제가 가장 매력이라고 생각하는 건 눈썹과 카리스마 있는 눈빛과 높은 콧대 그리고 입술 모양이 너무 예뻐요. 그리고 목소리, 계상 오빠 특유의 말투.
처음엔 외모 때문에 좋아했는데, 영상들을 보면 볼수록 솔직하고 투명한 모습들을 보며 배울 점이 많다고 생각했습니다.
아! 그리고 가장 푹 빠졌던 점은 평소엔 시크하고 카리스마 있지만 가끔씩 장난도 치고 애교 있는 그 반전 매력에 더 이상 헤어 나올 수가 없게 되었습니다. 할 말이 더 많지만 여기까지만 하겠습니다.

03년생 솔이

계상 오빠를 제일 좋아합니다!
사실 제가 심한 얼빠*라서 처음에는 얼굴을 보고 반했지만, 〈같이 걸을까〉와 〈육아일기〉에서의 BT 모습을 보고 반했어요ㅋㅋㅋ

07년생 허니

*얼빠: 잘생기고, 예쁜 사람을 좋아하는 사람

데니 오빠요!
 음, 일단 너무너무 잘생겼구요. 잘생겼고, 데니 오빠 특유의 아우라? 댄디함? 그게 너무 제 스타일이에요. 이 오빠들은 나이가 들수록 더 멋있어져서 그게 매력입니다.

05년생 익명오리

윤계상 오빠요!
 계상 오빠의 이중인격(?)처럼 지오디 맴버일 때와 배우일 때 차이가 너무 귀엽고, 당연히 너무 잘생겨서 좋아하게 되었답니다.
 호영 오빠도 좋아해요! 잘생기고 '왕엄마'라는 별명이 딱 맞게 섬세하고 듬직해서요.

09년생 밀짱계짱

계상 오빠요!
 평소에는 되게 차분하고 멋있는 모습들을 왕창 보여주는데, 지오디 다른 오빠들이랑 있으면 BT 모습이 나오는 게 너무 반전 매력이어서 좋았구요. 오빠 장발도 너무 좋아서요. 진짜 너무 잘생겼어요! 웃는 모습도 너무 심쿵!

06년생 효영

예나 지금이나 한결같이 잘생기고 멋지고 다 한 우리 오빠들의 매력은 나이에 상관없이 통하는군요!

마지막으로, *fangob*계의 막둥이인 아기오리 여러분 하고 싶은 말 마음껏 하세요!

오빠들을 좀 더 빨리 알 걸하고 너무 후회되고, 오빠들 신곡을 듣고 싶은 마음이 있어요. 다른 친구들이 좋아하는 아이돌들은 화질 좋은 무대 영상들이 많은데 우리 오빠들은 옛날 영상들이 많아서... 물론 그 무대 영상들을 봐도 좋지만요! 그래도 신곡 원해요!(하트)

06년생 효영

사실 많은 분들이 제가 어리다고 싫어하실까 봐 나이를 비공개로 했는데, 10대 팬분들도 꽤 계셔서 놀랐어요! 팬지님들을 볼 때면 다들 너무 예쁘시고 착하셔서 나름 제가 팬지인 게 자랑스럽기도 합니다! 앞으로도 잘 부탁드려요, 천사 팬지님들 (하트)

09년생 밀짱계짱

작년 고3 입시를 지오디 오빠들 덕에 잘 견디고 마칠 수 있었어요. 제 정신적 지주입니다. 05년생 20살 아기오리 열심히 덕질해서 저 같은 0n년생 팬지들이 많아지면 좋겠어요!
정말 날이 가면 갈수록 점점 더 빠져들게 하는 지오디! 오빠들이 "왜 우리가 좋아?"라고 진심으로 궁금해하시는데 저희도 모르겠어요.
왜 자꾸 꼬셔요? 먼저 꼬셔놓고 그렇게 말씀하시면...! 아침에 눈 떠서, 저녁에 잘 때까지 저의 하루는 온종일 지오디랍니다. 지오디 사랑해(하트)

05년생 익명오리

07년생 허니

일단은 팬지 연령층에서 어린 편에 속하다 보니, 싱어롱 등 팬지들이 많이 모이는 곳을 가면 아기 취급을 받을 때마다 기분이 조금 오묘해요.

이제 저도 다음 달 생일이 지나면 주민등록증을 발급받아야 하는데, 항상 "아기오리 귀여워요ㅠㅠ" 이러시면 기분이 좋다가도, '나 내후년이면 어엿한 성인...'이러면서 어느새 즐기고 있더라고요!

가끔은 '너무 늦게 입덕한건 아닐까', '다른 팬지분들은 지오디와 함께 25년이란 길을 걸어왔는데 나는 과연 몇 년이나 함께 할 수 있을까'란 생각에 조금씩 불안해질 때가 있어요.

하지만 재결합이라는 것이 쉽지 않았던 것을 알고, 가족은 헤어질 수 없다는 것을 알고 있으니, 늦게 입덕했지만 지오디 그리고 팬지가 걸어갈 길을 언제든지 함께하고 싶어요.

친구들과 만나면 다들 라이즈, 엔시티 등 요즘 아이돌 얘기하다가, 제가 "야 우리 지오디도 껴줘!" 이러면 "아저씨는 빠지세요~" 이러지만 꿋꿋이 지오디 얘기를 하고 다니는 만큼, 10대 팬지가 많아졌으면 좋겠어요.

남들이 뭐라 하던 전 끝까지 지오디를 좋아할 거니까요!

03년생 솔이

제가 처음으로 좋아한 연예인이 god예요! 제 인생 처음으로 이상형도 생겼구요. 덕질 시작하고 한동안은 상사병이 심하게 와서 마음 고생 했는데, 최근에 콘서트 다녀오고 나서 또 상사병이...! 점점 더 병세가 깊어지는 거 같습니다.

콘서트 가는 길에 차 안에서 콧물까지 흘리며 울었습니다. 대기하면서도 울고, '너무 과분한 행복이다?'라는 생각이 들어서 울었던 것 같아요. 내가 좋아하는 노래를 듣고, 좋아하는 사람을 응원하고, 이런 행복을 알려주셔서 정말 고마워요!

그리고 25년 동안 팬지 언니, 오빠들과 함께하셔서 행복하다고 콘서트에서 얘기하셨는데 팬지언니, 오빠들이 너무 너무 너무 부러웠어요! 저는 아직 25살도 되지 않았지만, 저도 지금부터 그만큼 긴 시간 동안 계속 좋아하고, 추억을 만들고 싶어요. 그럴 수 있게 오래오래 건강하고, 행복해해주세요!(하트)

또래들과는 다른 아이돌을 팬질했던 경험자로서, 아기오리 여러분의 답변이 더 와닿네요. 때로는 외로운 팬질처럼 느껴지겠지만, 아기오리들의 꿋꿋한 팬질을 응원하는 으른오리들이 있다는 걸 잊지 말아요.

우리 노래 가사 중에도 있잖아요? "음악엔 나이 없어." 팬질에 나이가 무슨 상관이겠어요. 좋아하는 그 마음이 같다는 것이 중요한거죠. 아기오리들과 사회에서 으른오리로 만날 날을 기다릴게요!

봄날의 꽃비처럼 황홀한

그대들과의 시간을

싱그러운 새싹들과

함께 기다리고 있을게

그대들과 우리가 함께해서
행복한 시간의 기록,
지금도 우리의 기록은 현재진행형입니다.

어느 *fangod*의 하늘색 일기
ⓒ 다이안

발행일	2024년 1월 13일
글	다이안(Dyan)
디자인	다이안(Dyan)
이메일	dyan.amapola@gmail.com
브런치	@writing-dyan
인스타그램	@fangod_hayoon

발행처	인디펍
발행인	민승원
출판등록	2019년 01월 28일 제2019-8호
이메일	cs@indiepub.kr
대표전화	070-8848-8004
팩스	0303-3444-7982

정가	17,000원
ISBN	979-11-6756522-8 (03810)